「――今はやつの
手がかりを追う時間だ」
アレクサンドル・ガスコイン
英雄界ヒューペルボレアの裏社会を統べる『影追いの森』一党の『頭領』。
「黒王子アレク」の異名を持つカンピオーネ。
英雄界における「反運命」の意味を追う。

英雄界ヒューペルボレアの交通を牛《ぎゅう》耳《じ》る「女帝」──。
赤みがかった金髪を
王冠のようにかかげて、
王宮の女主人のごとく微笑む。
かつて才気《さいき》煥発《かんぱつ》な少女であった
ブランデッリ家令嬢は
優雅な貴婦人の顔で──。

「昔、王子の好敵手であられた貴婦人が
おっしゃっていた人物評です。
さすがプリンセス、よく当たっていたみたい……」
謎の貴婦人　探索者のギルドのマスター
「探索者のギルド」のマスター。その正体は欧州でも屈指の名門、
魔術結社《赤銅黒十字》が世に送り出したかつての神童であり、
草薙護堂の妻でもあるエリカ・ブランデッリ。

「お師匠さま。ただ鳥の姿から解放されただけじゃないと――見せて差しあげます。本気を出さないと、後悔することになりますよ！」
「ほう――」
鳥羽梨於奈　とば りおな
六波羅蓮の婚約者であり霊鳥『八《や》咫烏《たがらす》』の生まれ変わりを名乗る少女。師匠・羅翠蓮に青い鳥に姿を変えられていた。日本最高峰の陰陽師。

今度は梨於奈が切った啖呵で、
羅濠教主の表情が変わった。
「神火清明――！」
そして、梨於奈はおもむろに唱えた。
人の姿のままで。
「諸々の禍事《まがごと》、
火の祓《はらえ》にて御祓《みそぎ》給う！」
「わたくしに浄めの焔を向けますか……」
羅翠蓮／羅濠　らすいれん／らごう
英雄界で海運、海賊のトップに君臨するカンピオーネ。
海王の都で多くの海賊に畏れられ、彼らを操る。
鳥羽梨於奈、芙実花姉妹の師匠でもある。

目次 CONTENTS

Campione! Lord of Realms 02

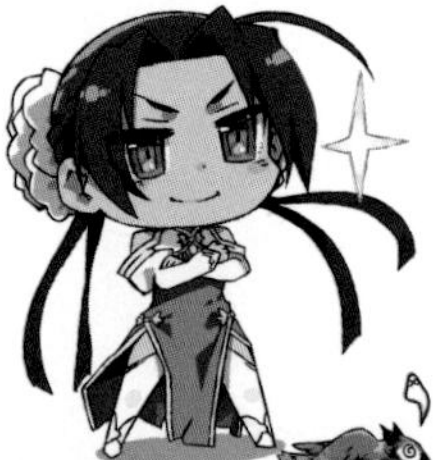

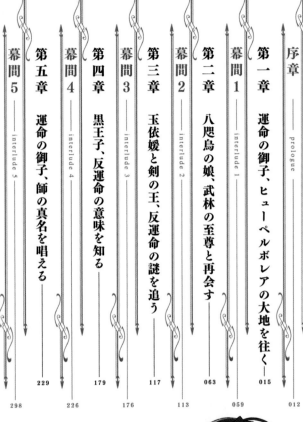

ダッシュエックス文庫

カンピオーネ!　ロード・オブ・レルムズ2

丈月 城

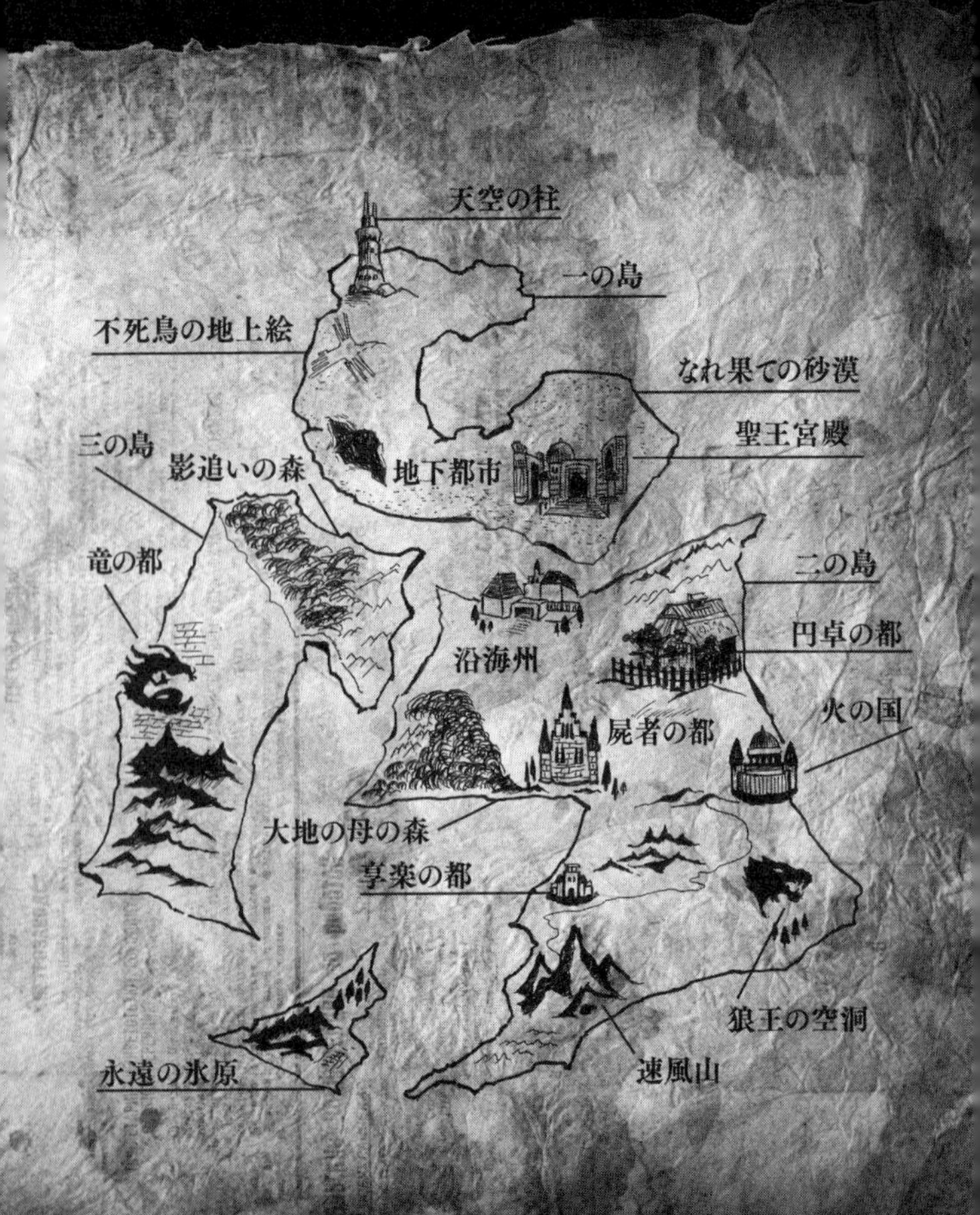
天空の柱
一の島
不死鳥の地上絵
なれ果ての砂漠
聖王宮殿
三の島
影追いの森
地下都市
竜の都
二の島
円卓の都
沿海州
火の国
屍者の都
大地の母の森
享楽の都
狼王の空洞
速風山
永遠の氷原

～英雄界ヒューペルボレア地図～

～The Heroic World Hyperborea～

序章 ――prologue――

◆名を捨てし歴史の管理者、多元宇宙の特異点にて記す

魔王殲滅《せんめつ》の勇者はかくのごとく旅立った。

その旅路に立ちはだかる障碍《しょうがい》は数多《あまた》あるものの、やはり、最大にして最悪の関門となるものは不倶戴天《ふぐたいてん》の宿敵たち。

神殺し。魔王。カンピオーネ。エピメテウスの落とし子ども。

彼奴《きやつ》らは物部雪希乃《もののべゆきの》の往く先々に君臨し、あるいはふらりと通りがかり、若き勇者と逆縁の出会いを果たす。

まさしく運命の糸に導かれた必然として。

しかし。

雪希乃は気づいていない。

自《みずか》らの身辺にこそ、最も警戒すべき天敵がひそんでいる事実に……。

◆思索するアレクサンドル・ガスコインの覚書より抜粋

……現時点で《反運命》を旗印とする勢力はいくつ存在するのか？


円卓の都とその支配者テオドリック。

反運命の神殺しを二つ名にするも、このカンピオーネがいわゆる運命神とどのような関わりを持つかは不明。

調査を要する。


反運命教団とやら。

プラス、連中の崇拝する神、クシャーナギ・ゴードー――

ふざけたネーミングにも程がある。さて、クシャーナギ・ゴードーと草薙《くさなぎ》護堂《ごどう》、名称の相似に意味はあるのか、ないのか。

要調査、とするにはあまりにバカバカしすぎる問題。

わざわざ調べるだけ、時間の無駄という予感すらある。

……だが、教団の信徒をこの短期間で爆発的に増やした手口は恐ろしい。

歌と音楽をツールとする点をのぞけば、草薙護堂よりも、やはりあのカンピオーネのやり口を想起させる——。

そして草薙護堂。

現実に運命神を殺《あや》めているカンピオーネ。

問題は、この男以外の『反運命の神殺し』が〝本物〟か否かであろう。

第一章　運命の御子、ヒューペルボレアの大地を往く

1

「……徒歩での旅行なんて、まさに『ザ・旅！』って感じでいいわよね！」

力強く雪希乃《ゆきの》は言い切った。

「ええ。てくてく歩いて、歩いて、それでも歩いて、もうウンザリな気分になっているのは否定できないけど、これが旅なんだから仕方ないわって自分に言い聞かせてるの。――でも、お姉さまは飛べるからいいわね……」

物部《もののべ》雪希乃が英雄界ヒューペルボレアに来て、すでに一週間である。

スタート地点となった街は『享楽《きょうらく》の都』。

女王カサンドラの治める都市国家だ。娯楽に美食といった〝人の世の享楽を全て楽しめる理想郷〟をコンセプトとして、地球出身者《アーシアン》たちが創《つく》りあげた。

今、雪希乃は彼らと共に旅している。

原初の神話世界ヒューペルボレアに、臆面もなく二一世紀地球文明の知識を伝え、世界の在り方をいちじるしくイノベーションさせた一団と。

その代表格が『お姉さま』こと鳥羽梨於奈《とばりおな》。

知識にあふれ、思慮深いだけでなく、抜きん出た霊能を持つ神裔《しんえい》という完璧超人……で、あるのだが。

「……はあ!?」

お姉さまはなんと〝青い鳥〟の姿であった。

雪希乃の肩まで飛んできて、ドスの利《き》いた声でこう言った。

「今、飛べるのがいいとか言いましたか!?」

「ええ。だって、うらやましいもの。私、ちょっと徒歩での移動に飽きてしまったわ」

悪びれずに雪希乃は答えた。しかし。

梨於奈お姉さまは怒りにまかせて、甲高《かんだか》くさえずる。

「んっぴぃぃぃぃぃぃぃぃっ!」

「まあ、お姉さま。そんな声で鳴くと、本当に鳥みたい!」

「ま～たそれを言いますかあッ！　人を鳥あつかいするなって何度も言ってるでしょう、このあわてんぼ娘！　め！　め！　め！」

「い、痛いわお姉さま！　ごめんなさい、ごめんなさい！」

後頭部を何度もつつかれて、雪希乃はあやまった。

お姉さまがバサバサ飛びまわりながら、青い鳥の鋭いくちばしで折檻《せっかん》してきたのだ。尚、余談だがアオカケスという種類らしい。

羽根には黒い縞《しま》模様や青のうすい部分もあり、みごとなグラデーションであった。たいそう見栄《みば》えのよい姿なのだが、お姉さま自身は気に入ってないようで、しょっちゅう鳥あつかいするなと要求する。

そういえば、以前に幻視した〝本当のお姉さま〟。

十代後半であろう鳥羽梨於奈嬢。スリムでスタイルもよく、高校生女子だけあって制服もよく似合いそうな、堂々たる美しさであった。

……が、今は人語を話す鳥である。

雪希乃の周囲をバサバサ飛びまわりつつ、

「んっぴぃいいいいいいいいいいいっ！」

と、怒りのさえずりを黒いくちばしから発している。

そんなふたりをにこにこ見守るのが二〇歳前後の青年、六波羅蓮《ろくはられん》――。

「梨於奈はすっかり雪希乃となかよしだねえ」

「バカ言わないでください、六波羅さん！　これはそんな『女子高生キャラいっぱいのぬるま湯なあなあ美少女動物園』を描く四コマ漫画やアニメの一シーンじゃなくて、覚えの悪い迂闊《うかつ》で粗忽《そこつ》な勇者さまへの教育的指導です！」

「うーーうすうす自覚はあるけど、迂闊とか粗忽なんてひどいわお姉さま！」

「だったら、言われたことくらい一度で覚えてみせなさい！」

「あははは。溜まってるねえ、ストレス」

どうにも怒りっぽいお姉さまを眺めて、六波羅青年は飄々《ひょうひょう》と笑う。

基本、いつもこうだった。常にチャラくて、ノリもお軽い。物事に本気でのめり込むような熱さとは無縁に見える。

そこが雪希乃の好みではなく――

六波羅蓮と視線が合った。なれなれしくウインクしてきた。

……やはりチャラい。ぷいっと雪希乃はそっぽを向いて、目をそらす。

しかし、直後に可憐《かれん》な少女の声を聞いて、雪希乃はすぐに『六波羅くん』の方へと向きなおった。

「うるさいわよ、鳥娘」

めんどくさそうに発言したのは、身長三〇センチのミニマム美少女。

お人形サイズの彼女は六波羅蓮の左肩に腰かけていた。いつもは彼の体に同化している小女神だという。

本当はかなり高名な神らしいのだが、ステラとみんなに呼ばせている。

「……やっぱり可愛いわ♪」

こそっと雪希乃はささやいた。

初対面のときから、その可憐さに惹《ひ》かれていたのだ。

実体化したばかりのステラ、しげしげと雪希乃――正確には、そのそばを飛びまわる〝青い鳥〟を見つめていた。

「ちょっと気になってたのだけど。鳥娘、あんた――」

ずばりとステラは言った。

「ここ何日かで、ずいぶんと本物の鳥っぽくなってきたわね」

「んぴぃぃっ⁉　何を根拠にそんなこと思うんですか⁉」

「うざ娘も言ってたでしょ。例えば、その鳴き方」

「んっぴぃぃぃぃぃぃぃぃぃぃぃぃっ！」

「あー。たしかに、今までより鳴き声が真に迫っているというか……人間のときの梨於奈っぽさがうすれてきたというか」

「たぶん、肉体の形に魂の方がひきずられてるのよ」

「じゃあ最悪、梨於奈が本当の鳥になっちゃう可能性もありうるのか……」

つぶやいてから六波羅蓮、親指を『びしっ！』と立てた。

「でも大丈夫。君がどんな姿でも僕たちは一心同体のパートナー同士！　二人三脚でがんばっていこう！」

なんとも軽佻《けいちょう》浮薄《ふはく》で、無責任な呼びかけ。

眉をひそめた雪希乃の肩に、鳥の姿のお姉さまがよろよろと降りてきた。今の指摘がだいぶショックだったようで、

「こ、この梨於奈さまが本物の鳥っぽい……」

ぶつぶつ暗い口調でつぶやいていた。

『享楽の都』を旅立って、雪希乃たちは東に進んでいた。

峻険《しゅんけん》な山々の連なりを遠目に望む草原地帯――。

道なき広野ながらも障害物の類《たぐい》はほとんどなく、歩きやすい。ここを徒歩で地道に踏破していく旅だった。

途中にあった水量ゆたかな大河は、渡し船で対岸まで運んでもらった。

その後、ふたたび徒歩で東へと向かっている。

めざすは『海』だった。

雪希乃が今いるところは鉤爪《かぎづめ》諸島、二の島である。

島の西海岸に位置する『享楽の都』から、陸路で逆側の東海岸へ――。

雪希乃自身で考えて、行き先を決めた。

『どうせなら神殺しとか地球出身者《アーシアン》の影響を受けてない国、ヒューペルボレア本来の暮らしも見てみたいわ』

と。

ちょうど東海岸に『火の国』なるヒューペルボレア人の都市国家がある。そう梨於奈に教えられて、雪希乃は決心したのだ。

基本的に徒歩での移動。しかし荷運び用の馬を一頭、出発の前に調達した。

食糧や雑貨などの重い荷物を運ばせて、なかなかに重宝《ちょうほう》している。

……そして〝お姉さま、ずいぶん鳥っぽくない？〟騒ぎのあった日。陽が沈み出した頃に雪希乃たちは足を止めた。

泊まる宿もないあたりだったので、この夜は野営となった。

ステラは姿を消し、青い鳥の梨於奈は適当な木の枝に止まり、雪希乃と六波羅蓮は持参した毛布にくるまって眠る――。

しかし深夜、雪希乃はゴソゴソという物音で目を覚ました。

誰かが荷馬にくくりつけていた木箱をあさっている。六波羅青年、ではない。なんと青い鳥の梨於奈だった。

手のないアオカケスの姿ながら、念力を使い、荷物を解いて――

「ううううっ。もう呑まなきゃやってられません……」

地上に降りていた〝青い鳥〟の前に、蜜蠟で封をした壺がふわふわ飛んできた。

出発前、六波羅蓮が「おみやげとかにいいかも」と荷物に加えたもの。中身は『享楽の都特産の蜂蜜酒』だという。

梨於奈は手ではなく念力で封を解き、くちばしを壺に突っ込んだ。

「てやんでい……この女王さまの梨於奈さまが鳥っぽいだなんて、バカも休み休み言いやがれです。すっとこどっこいのこんこんちきめ……」

ぐびぐび飲酒しながら、青い鳥が愚痴《ぐち》っている。

とんでもない絵面《えづら》のシーンを前にして、雪希乃は思わずツッコんだ。

「お姉さま、今度はキャラまでぶれぶれだわ！」

「ふえっ!?」

雪希乃に気づいてなかったようで、梨於奈はひどく驚いていた。

「ねえ、お姉さま。悩みがあるなら私にいろいろ相談して。すこしでも力になりたいの」

「何をおっしゃっているのやら。わたしはただ、眠れないから寝酒でもたしなもうと考えただけで、悩みなんて皆無です！」

強引にごまかそうとする梨於奈。ならばと雪希乃は言う。

「そもそも、お姉さまはどうして鳥になったの？　本当は——前に契約を交わしたときに観た御姿なんでしょう?」

「雪希乃に教えても、どうにもならないことですから! じゃ!」

青い鳥の梨於奈はさっと飛び去った。

蜂蜜酒入りの壺を念力でいっしょに運びながら、雪希乃の目がとどかないところへ。おかげで会話は強制終了となった。

2

「こう言ったら地元の人たちにちょっと悪いけど……」

思い浮かんだ感想を、雪希乃《ゆきの》は素直に口にした。

「ずいぶんと殺風景なところだわ……」

ようやく海辺の街に着いたところであった。

行き交う人々や家畜の足で踏み固められたとおぼしき土の道を進んでいたら、すこしずつ平屋建ての家が増えてきた(二一世紀の日本人・雪希乃の規準では、むしろ『小屋』と呼びたいサイズ感だったが)。

そこが街のはじまりで、城壁のような仕切りはなかった。

あちこちに建つ家々はどれもこぢんまりとして、ほとんどが竪穴《たてあな》式住居。たまにレンガを組みあげた〝最新式〟の家屋もある。

これが『火の国』。ヒューペルボレア最大規模の都市国家。

しかし、想像のななめ下をいく〝わびしさ〟に雪希乃は困惑していた。

舗装《ほそう》されていない土むき出しの道沿いに、小さな家々が点々と建つ――という街並みがだらだらとつづくだけなのだ。

だが、蓮《れん》――六波羅《ろくはら》青年はにこやかに言う。

「いやあ。ヒューペルボレア規準だと、ものすごい大都会だよ、ここ」

「そ、そうなのね」

「うん。カサンドラの故郷のトロイア……あの都に――」

「似てるの？」

「いいや。トロイアの都のまわりにあった漁村とかに似てるな。こんな感じの結構ひなびた雰囲気だったよ。あ、でも、街の規模はこっちの方が大きいね」

紀元前が舞台らしいギリシア神話の地名。

トロイア戦争の中心地がどれほど繁栄していたか、そもそも雪希乃は知らない。

相づちに困っていると、蓮の左肩に腰かけていたステラが肩をすくめ、小バカにする口ぶりでコメントした。

「こんなド田舎《いなか》の、国と名乗るのもおこがましい貧乏村が、あたしやアポロンの庇護《ひご》を受けた海の宝石トロイアと肩をならべられるはずないでしょ。……ま、この辺はちょっとマシになってきたけど」

「あ、たしかに」

雪希乃はうなずいた。

わびしい街中をずっと歩いてきたら、人通りが増えてきた。

すれちがうのは、ヒューペルボレア人の住民ばかり。子供もいれば若者、老人もいる。露天商や屋台、小さな商店の軒先に出た商人も目につく。

海辺らしく、漁の獲物らしい魚が山積みの馬車もある。

そして――青銅の剣や槍《やり》をたずさえた戦士たちも。

ゆったりした衣の、僧侶か神官かという風体《ふうてい》の人物も見かけた。

が、ぱっと見わたせば、帯剣する戦士・剣士の数が『それ以外の人々』よりも不自然に多いと思える。

彼らの多くは硬くなめした革の防具や、青銅鎧《よろい》に兜《かぶと》なども身につけていた。

「やけに戦士っぽい人が歩いてるわね……。そういえば、武器屋さんの数もずいぶん多いような……」

やがて、街の中心とおぼしき広場に雪希乃たちはやってきた。

そこに――ひどく長大な剣が突き立っていた。その刀身、なんと二〇メートル弱はあろう長さであった。

並の人間が振るえるサイズではない。まさに巨人用の剣だ。

しかも広場には、今までの素朴すぎる家々とはまったく異なる建築様式の――宮殿（！）まで建っていた。

大理石造りとおぼしき白亜の宮殿で、立ちならぶ石の柱でドーム型の天井を支えている。

「こ、このお城だけ立派すぎない!?」

「ああ、ヒューペルボレアではたまにあるんだよ」

こともなげに蓮が語る。

「この世界では、何百年も前に大洪水があったそうでね。そのとき海に沈んだ先史文明ってやつの遺跡があちこちにあったり、海底から出てきたりするんだ」

「な、何よ、それえっ！」

地球《アーシアン》出身者のいない場所にも、只《ただ》ならぬ脅威《きょうい》と神秘がある。

雪希乃が英雄界ヒューペルボレアのすさまじさをかいま見た瞬間だった。しかも、きょろきょろとまわりを見まわしていたステラが――

「あそこ、いるわね」

と、西とおぼしき方角を指さした。

そちらには標高の高そうな山々の連なりがそびえていた。なかでもひときわ高い山頂の付近をステラの指先は示している。

「あのあたりに神——どうせ、そこの無駄に大きな剣の持ち主でもある軍神が眠っているはずよ。女神の勘にまちがいはないわ」

「ええーっ!?」

ミニマム女神の託宣に、雪希乃は驚愕した。

道ゆく剣士に話しかけたところ、

「われらは《焔《ほのお》の剣の軍神》に帰依《きえ》し、仕《つか》える者たちだ」

と、誇らしげな答えが返ってきた。

いわく——あの巨剣に焔がともり、世界を暁《あかつき》に染めたとき、西にそびえる聖山より《軍神》が甦《よみがえ》るのだという。

神裔《しんえい》どころか、神そのものが大地に眠っている世界。

それが英雄界ヒューペルボレアなのかと、雪希乃は感じ入った。おまけに、隣では六波羅蓮が不穏なことを口走る。

「ふうん。前に会ったヴァハグンさんみたいだね」

「あの手の軍神がこの世界のあちこちに眠ってるのよ、たぶん」

ステラまでこともなげに言う。雪希乃は叫んだ。

「あなたたち、神様と出会ったことがあるというの!?」

「ははは。何を今さら」

「あたしたちは神殺しと同じ世界にいるのよ。つまり、ここは神そのものと明日にでも遭遇し、対決することにもなりかねない闘技場――。覚悟しておくことね」

「わ、私はべつに、神々と争うつもりなんかないわ！」

「うざ娘にその気はなくても」

　にんまりと意地悪い笑みをステラは浮かべた。

「相手もそうとは限らないわ。おまえも一応、神の末裔――神族のはしくれ。神が相争うのは神殺しだけじゃない。同じ神族ともよ」

「へ、変な風に脅《おど》すのはやめて、ステラちゃん！」

「『ちゃん』って……うざ娘。おまえ、本当に気をつけなさい。美の女神を前にそうも舐《な》めた口を利《き》いてるようじゃ、いずれどこかの神を本気で怒らせることもありうるわよ。そして神罰を下されて――」

「ど、どうなるの？」

「よくて死んだ方がマシって目に遭《あ》う。悪ければそのまま死ぬ、の二択でしょうよ」

「………………」

　小なりとはいえ女神の不吉な警告。

雪希乃は不安をごまかすため、頼もしい〝お姉さま〟に声をかけた。

「大丈夫よねえ、私、そこまで無礼じゃないと思うし――」

「うぃぃぃ……何か言いましたあ、ひっく？」

いつも饒舌《じょうぜつ》なくせに、今朝から梨於奈《りおな》はほとんど無言だった。

雪希乃の左肩に止まった〝青い鳥〟は、どよんと濁った瞳でぼーっとしているばかり。しかも小さな全身が酒くさい。

完璧に二日酔いの状態である。

今、ひさしぶりにくちばしを開いた梨於奈は、やさぐれた口調で言う。

「ふふん。わたしなんて、どうせこのまま本物の鳥になっちゃう運命なんですよお……あ、いつのまにか街に着いてるじゃないですかあ。ちょっと雪希乃、その辺でお酒とおつまみを何か買ってきてくださいぃぃぃ、うぃっくぅ～」

「ま、まだお酒が抜けていないのね、お姉さま……」

「ありゃま。梨於奈もずいぶんとやさぐれちゃったねえ」

「いつも威勢がいい分、ぽきんと心が折れたら、一気に全てが砕け散ったのね」

「六波羅くん、ステラちゃん！　お姉さまの人格崩壊をそんな他人事《ひとごと》みたいに言わないで、もっと心配してあげて！」

薄情な旅の連れたちに、雪希乃が訴えたとき。

ドォォォォォォォォォォォォォンッ！


かなり大きな物音が遠方より聞こえてきた。

さながら打ち上げ花火か、大砲か。よほど重い物体が空から落ちてきたのか。

雪希乃はハッと顔を上げて、きょろきょろ周囲を見まわした。神話世界ヒューペルボレアにあるはずのない音ではあったが――

今、この神域には地球出身者《アーシアン》が大勢、集まっているのだ。

「まさか、ここにも来たというの!?」

雪希乃は音のした方角へと走りはじめた。


ドォォォォォォォォォンッ！　ドォォォォォォォォンッ！


音は一度きりではなく、繰りかえし聞こえてくる。

さらに人々の怒号や悲鳴、絶叫までも――。

「また海賊どもが来たぞ！」

「戦士の方々、どうかこの街をお守りください！」

「きゃああああああっ!? 石が! 石が降ってくる!」

肩にお姉さまを止まらせたまま、雪希乃は自慢の快足でひた走った。

ほどなく到着した事件現場。そこは海のすぐそば。小さな船がたくさん係留されていて、港とおぼしき場所だった。

持ち前の義俠心《ぎきょうしん》から、雪希乃はつぶやいた。

「海賊だなんて、ちょっと聞かなかったことにはできない言葉だわ!」

港と面した内湾を眺めれば、はたして一隻の船が停泊していた。

ヒューペルボレアの技術水準を大きく逸脱していそうな木造の帆船で、しかも甲板《かんぱん》にはバネ仕掛けの投石機がいくつか置かれている。

この機械仕掛けが──重さ数百キロはありそうな岩塊《がんかい》を立てつづけに射出していた。


ドォオオオオオオンッ! ドォオオオオオオンッ!


飛んできた岩塊は、港でも海に近いあたりの地面を次々と抉《えぐ》っていた。

係留された大小の木造船にも、岩たちは当然ぶち当たる。おびただしい量の木材と木片を飛び散らせていた。

狙いが不正確なのか、岩塊に押しつぶされた人間はいないようだが──

この恐るべき飛び道具に威圧されて、港の人々はすっかりおびえきっていた。

しかも投石機付きの船とはべつに、小型の帆掛《ほか》け船が十数隻もあり、どんどん陸地に接近中だった。

小船には七、八名ほどの乗員がいた。

青年もいれば中年の男もいる。すくないが女の船乗りも。みんな頭に白い布を巻いて、精悍《せいかん》な面構《つらがま》えで――

雪希乃は叫んだ。

「あれが海賊たちなのね!?」

「………か・い・ぞ・く？　って《白蓮党《びゃくれんとう》》の連中じゃないですか！」

やにわにお姉さまがつぶやくのを、耳元で聞いた。

二日酔いで雪希乃の左肩に乗りっぱなしだった青い鳥こと鳥羽《とば》梨於奈、急にばさりと、力強く羽ばたいた！

「イライラしてたところに、都合よく来てくれましたね！」

「あの連中を知っているの、お姉さま!?」

「今、合法的かつ一方的にサンドバッグにしてあげますよおっ！　にっくきお師匠さまの身代わりになってもらいます！」

「お、お師匠さまって誰～っ!?」

雪希乃の呼びかけも完全にスルー。

酔いどれ・やさぐれモードから一転、お姉さまは元気よく飛び立っていった。

3

鳥羽梨於奈《とばりおな》、その正体は霊鳥《八咫烏《やたがらす》》——

とは、雪希乃《ゆきの》も聞き知っている。しかし〝お姉さま〟が実際に霊鳥へ化身《けしん》し、神性を発揮するところをこの目で見てはいなかった。

聖王テオドリックと戦うなかで、真の姿を幻視したのみ。

そして今、八咫烏としての能力は多くが封じられているという。

だから、青い鳥のまま海賊どもの上空へとお姉さまが飛び込んでいったとき。雪希乃は彼女の身を案じて、叫んだ。

「だめよ、鳥の御姿のままじゃ危険だわ！」

「だから人を鳥あつかいしない！　心配ご無用！　あんな連中くらい、変化《へんげ》できなくたって余裕のよっちゃんで片づけてみせますよ！」

飛び去る梨於奈の返事が空から降ってきた。

見栄《みば》えのよいアオカケスがヒューペルボレアの空高くへ駆けあがり、小さな体にはそぐわないほどに傲然《ごうぜん》と左右の翼を広げて――

「か～み～か～ぜ～の～……術～～～～～っ！」

めいっぱい溜めを作りながら、呪文の言葉を吐き出した。

とたんに風――なかなかの強風が吹きはじめた。

しかもあっというまに激烈な勢いとなり、台風もかくやというほどに大気はうずまき、吹き荒れ出す。

突然の大嵐。まさしく『神風』の到来だった。

「お姉さま、神風の術と言ってたのね！」

雪希乃はハッと気づいた。

この大風を呼び込んだのは、ずばりお姉さまの言霊《ことだま》にほかならない。さすが八咫烏の神力だわと感じ入っていたら――

蓮《れん》とステラのやりとりが聞こえてきた。

「やっぱり本調子じゃないみたいだね、梨於奈」

「そうね。いつもの鳥娘だったら、得意の焔《ほのお》で全ての船をまとめて焼き尽くすところでしょうに……。どんなに強がっても、所詮《しょせん》はかりそめの姿。術や神通力《じんつうりき》だって満足に使いこなせなくなってるのよ」

神風の威力、こんなにもすさまじいというのに？

チャラい青年と小女神のコメントに、雪希乃は目をぱちくりさせた。

ご当地『火の国』の内湾に攻め込んできた海賊団——その母船であろう大型帆船は、風にあおられて転覆していた。

拍子抜けするほどにあっさりと、お姉さまに秒殺された格好だ。

当然、陸へと進撃中だった小船も残らず転覆済み。

船の乗員である海賊たちは海に投げ出され、もう襲撃どころではなく、生きのびるために港や陸地めざして泳ぐ。泳ぐ。

彼らが必死の力泳でどうにか陸へ這《は》い上がったところに——

「火のいくさ神よ、われらに勝利を！」

抜剣した戦士たちが押しよせ、海賊討伐《とうばつ》の刃《やいば》を振るい出す！

雨こそないが大嵐めいた強風で荒れた海。そのなかを泳いできただけあって、海賊たちは誰しもが疲労困憊《ひろうこんぱい》していた。

火の軍神に仕《つか》える戦士たちが振るう刀剣——

鋭い斬撃と刺突を為す術《すべ》なく受け、手傷を負って、ひとり、またひとりと海賊があちこちで倒れていく。悲鳴も上がる。

「ぐあっ!?」

「く——ひるむな、立ち向かえ同志たち！」

「われらに死を恐れることは許されぬ！　栄《は》えある白蓮党《びゃくれんとう》の侠客《きょうかく》として、四海と天下に万夫《ばんぷ》不当《ふとう》の勇武を示せ！」

　この大劣勢にあって、海賊団は尚も士気が高かった。

　ずぶ濡れのまま長い木の棒——武術で言う棍《こん》を振りまわし、『火の国』の剣士勢に立ち向かっている。なかには金属製の棍を操る海賊もいた。

　しかも彼らは、近くで戦う海賊仲間と声をかけ合い、士気を高め合う。

「われら白蓮の徒が頭《こうべ》を垂れる御方は、ただおひとり海王さまのみ！」

「逃げて負け犬となるより、海王さまの教えを胸に刻み、窮地《きゅうち》で死すべし！」

　海賊たちは半数以上が倒され、もう三〇名も残っていない。

　対する『火の国』側は倍以上の戦士が健在で、このまま圧勝することはまちがいないという流れであった。

　だというのに、海賊たちのわずかな残党は一向にくじけない。

　たとえば『火の国』戦士に剣を突きつけられていた海賊のひとりは——

「哈《ハ》！」

　なんと武器を投げ捨て、回し蹴りを繰り出した。

　革製の靴、その側面で蹴り飛ばしたのは、対峙《たいじ》する戦士の持つ剣。武器を捨てるという自殺行為で相手の虚を突いての奇襲であった。

敵も我も素手となったところで、その海賊はさらなる攻勢に転じる。

「哈！　哈！　哈！　哈！」

右拳をまっすぐ突き込み、左拳を打ち込み、そのまま左右のパンチを連打するラッシュであっというまに『火の国』戦士をノックダウンさせた。

「……今の技！」

遠目に見ていた雪希乃は驚嘆《きょうたん》した。

荒くれ海賊の喧嘩殺法ではなく、洗練された格闘技のコンビネーションだ。

——ひとりの逆転をきっかけに海賊たちは息を吹き返した。

ある海賊は地面すれすれの低さまで腰を落としながらの回し蹴りで、『火の国』戦士の両足を払い、背中から転倒させた。

ある海賊は敵の剣を恐れずに突進し、激しく背中をぶつける体当たり。

さらに、ある海賊はふところから分銅《ふんどう》付きの紐《ひも》を取り出した。それを慣れた手つきで振りまわし——

やや離れたところにいた『火の国』戦士をダウンさせた！

紐にくくりつけた分銅を標的のこめかみに当て、急所を強打したのである。

「……どういうこと？　さっきの動きといい、あの武器といい、全然ヒューペルボレアらしくない気がするわ！」

剣術家、武芸者としての直感だった。

いぶかしむ雪希乃の隣にいた蓮がこともなげに言う。

「そりゃそうだよ。羅濠《らごう》お姉さんが仕込んだ必殺の中国拳法だもの」

「だ、誰なの、その人!?」

「地球出身者《アーシアン》で、天下にふたりといないっていう武術の大先生で、大魔法使いで、おまけにカンピオーネでもある人。あと海賊団《白蓮党》の首領。『海王の都』を支配する海王さまでもある」

「そのうえ、いつも無駄にえらそうでお高く止まった女だわ！」

蓮の左肩に腰かけたステラまで、不愉快そうに付け足した。

いきなりの情報過多に、雪希乃は唖然とした。

「ちょっと属性ってやつを盛りすぎじゃない!?」

「仕方ないよ。梨於奈のお師匠さまをやれるようなスーパーマンだし」

「え――っ？」

「おっと、そろそろこの辺も安全圏じゃなくなりそうだ」

蓮がさらりとつぶやいた。

両陣営の戦い、砂浜や港の波止場近くなどの水際《みずぎわ》で繰り広げられていた。

だが窮鼠《きゅうそ》よろしく追いつめられた海賊たちが――決死の大暴れをした結果。ひとり、またひとりと『火の国』戦士団による包囲網を突破し出したのだ。

雪希乃や蓮のいるあたりにも海賊がやってくる！

「じゃあ、あとはよろしく！」

「どこへ行くつもり、六波羅《ろくはら》くん!?」

軽快に走り去っていく蓮。その背中に雪希乃が問いかけたら。

「僕がいても足手まといになるだけだろ？　自慢の逃げ足ですこし消えてるから、上手《うま》いことやっといて♪」

「もうっ。立ち向かうそぶりも見せないわけ!?」

あきれる雪希乃の右手に、黒檀《こくたん》の木刀がひとりでに現れた。

そこへ駆け込んできた海賊は六尺――一八〇センチほどの棍を振りあげ、二一世紀日本の女子高校生を打とうとする。

なかなかの棍さばき。鋭い一撃。しかし。

雪希乃は逆袈裟《ぎゃくげさ》の斬撃で、ななめ右上に木刀を跳ねあげた。

「ぐ――あぁっ！」

「そりゃ六波羅くんなんかに見守られてなくても、いくらでも対処できるけど……」

気絶する海賊のうめき声を聞きながしながらのささやき。

敵よりも遅く、雪希乃は動き出した。

にもかかわらず、下段から擦《す》りあげた木刀は我が身に迫る六尺棒をはじきとばしたあとも止まらず、そのまま海賊の頬骨《ほおぼね》までも強打し——

海の荒くれ者を一、振りで失神させた。

二振りではない。敵手の刀をはじく。急所を打つ。凡庸《ぼんよう》な剣客《けんかく》が最低でも二太刀《ふたたち》繰り出すところを峻烈《しゅんれつ》な一太刀で終わらせる。日本武道の精髄《せいずい》とも言える『後《ご》の先《せん》』の見切りと太刀さばきであった。

難をしりぞけた雪希乃は、悠々と天を見あげた。

いつのまにか、梨於奈の起こした大風は収まっていた。代わりに美しいアオカケスが空を舞いながら、ふたたび両翼を広げている。

二日酔いもどこへやら、潑剌《はつらつ》とした鳥羽梨於奈の声がひびきわたる。

「は～ね～しゅりけんの～術ぅ～～～～っ！」

青い鳥の小さな体から、数十本の『羽根』が放たれた。

それは地上に降りそそぎ、必死に抗戦していた海賊たちの生き残り全員——その首筋の裏に突き刺さっていく。

尚、『火の国』の戦士や雪希乃には一本も当たっていない。

百発百中の羽根手裏剣、威力はてきめんだった。海賊たちはひとり残らずバタバタ倒れ、さらに、すやすやと眠り出したのである。

「この程度、お姉さまにはお遊戯みたいなものなのね……」

「ま、なんだかんだで神の生まれ変わり、火の鳥の化身《けしん》だもの」

「そうそう。ほんとはもっと全然すごいんだ。この間テオさんと揉《も》めたときだって、梨於奈のコンディションが完璧だったら、互角以上に戦えたかもしれないし――」

「……えっ？」

　いつのまにか隣に六波羅蓮がいた。肩にステラを乗せている。

　雪希乃はきょとんとした。いつ自分のそばにもどってきたのか。接近する気配にまったく気づかなかった。

　誰より剣術に長《た》け、武神の末裔《まつえい》でもある物部《もののべ》雪希乃が！

　飄々《ひょうひょう》と笑う蓮には聞こえないよう、思わず小声で言いわけしてしまう。

「私としたことがお姉さまに気を取られすぎたみたい……」

「どうしたの、雪希乃？」

「な、何でもないわ！　それよりお姉さま、ずいぶんご機嫌になったのねっ」

「そりゃあね。自分に『鳥の呪い』をかけたお師匠さまにはかなわないけど。代わりにあの人の手下をいじめて、ストレス発散できたからね」

「鳥娘もいっそ、師匠の羅濠に当たって砕けろでぶつかってみればいいのに」

　蓮とステラが口々に言う。

その意味を理解して、雪希乃は愕然とした。

「お姉さまをあの姿に変えたのが——神殺しのお師匠さま!? じゃあ、その人に呪いを解いてもらえばいいだけじゃない!」

当のお姉さまは〝勝利の青い鳥〟として、のびのびと空を飛んでいた。

そして『火の国』の戦士たちはその優雅な飛翔を指さして、

「あの鳥こそ神の使いだぞ、皆の衆!」

「われらを守護するため、火の軍神が遣《つか》わせてくださったにちがいない!」

「みんな、ひざまずけ! 勝利の鳥へ祈りを捧《ささ》げるんだ!」

と、大いに興奮し、絶賛していた。

4

海賊どもを撃退したあと。

地元民の人々は梨於奈《りおな》を『勝利の青い鳥』として誉《ほ》めたたえ、連れの雪希乃《ゆきの》たちまで大歓迎してくれた。

ちなみに、今夜の祝宴にも招待してくれると言われて、

「やった! もちろん出席させてもらうよ!」

誰よりも早く、六波羅蓮《ろくはられん》が調子よく答えていた。

一応は勝利に貢献した雪希乃としては、すこし面白くない。

「六波羅くん、どこかに逃げてただけよね……」

「いいじゃない、せっかくのお祝い事なんだから。それにあのまま《白蓮党《びゃくれんとう》》を上陸させていたら、大変なことになってたよ」

「そうでしょうね、海賊団の襲撃だったのだし——」

凄惨《せいさん》な光景を想像して、雪希乃はぞっとした。

「罪もない人たちがたくさん殺されて、大切なものをたくさん奪われて……」

「あ。そういうのとはすこしちがう感じかな」

「えっ？　だって海賊なんでしょう、あの白い布を頭に巻いた連中」

とまどう雪希乃へ、蓮はあっけらかんと言った。

「あそこの首領さまはだいぶ変わり者でさ。配下の人たちはみんな海賊とか馬賊とか、さすらいの用心棒みたいなアウトローばかりなんだけど。『弱い者いじめはするな』っていう掟《おきて》を厳守させていてね」

「たいていの人は海賊団の連中より弱いと思うけど……」

「うん。だから《白蓮党》では、武器を持たない者や武芸を知らない人を襲っちゃいけない決まりなんだ。刃物もあまり使わないしね」

驚きの新情報に、雪希乃は叫んだ。

「それだと海賊なんてできないじゃない！」

「代わりに、兵士や護衛隊なんかは遠慮なしにたたきのめす。かなり容赦なく、大首領さまから授かった武術を思い切り使って」

教えてくれた蓮の左肩から、ステラまであきれ顔で付け足した。

「で、守り手がいなくなった街の人間から、結構な額の『会費』を巻きあげるのよ」

「会費って、どういう会費よ!?」

「あの神殺しの魔女——羅濠《らごう》を崇拝する会、でいいのよね、蓮？」

「そうそう。あと、襲った街には《白蓮党》のメンバーが常駐して、街の治安を維持したり外敵を追いはらったりする『押しかけ用心棒』になるから、その『用心棒代』もたくさん上納しないといけない」

「結局、ものすごく傍迷惑《はためいわく》な無法者なのね。よかった」

雪希乃は安堵《あんど》した。

さっき海賊を打ち倒した一撃、殺すほどのダメージではなかったが、全治二、三カ月はかかるはず。もし某麦わらの一味のような〝善《よ》い海賊〟だったら——と考えて、あせってしまったのだ。

「そうと聞いたら、海賊団の首領に遠慮する義理は何もないわね」

ぐっとこぶしをにぎり込んで、雪希乃は決意した。

「お姉さまっ。このまま海賊団のアジトに乗り込んで、その無茶苦茶な神殺しの女と直談判《じかだんぱん》しましょう！　そろそろ人間の姿にもどせ、さもないと力に訴えることになるぞって、殴り込みをかける勢いで！」

「いやです」

熱くなった雪希乃とは逆に、梨於奈は冷ややかに即答した。

今まで、勝利の鳥こと〝お姉さま〟はさんざんちやほやされて、上機嫌で雪希乃の左肩に止まっていたのだが。

一転して不機嫌になり、いらついた口調で言った。

「お師匠さまのとんでもなさをわかってませんねっ。こっちだっていい感じにレベルアップしてるのに、あの人には逆立ちしてもかなわないままなんですよ！　……頼みの綱の――さんはネメシスの権能《けんのう》を使えないし……」

「ごめんなさい。最後のところ何ておっしゃったの、お姉さま？」

「ひとりごとなので気にしないでください。とにかくですね、直談判に失敗して、青い鳥どころかメガネやコオロギに変化する呪いでもかけられたら、どうするんですか!?　そのくらいのこと、本当にできちゃうモンスターなんですからね！」

そう吐き捨てて、梨於奈は飛び去っていった。

青い羽毛につつまれた後ろ姿はたちまち見えなくなる。すると、彼女とは一心同体のパートナーだと吹聴《ふいちょう》する青年はさらりと言った。

「でも、たしかにそろそろ解決しなくちゃいけない問題だよねえ」

「そうね。鳥娘が本物の鳥に近づいている以上、悠長に構えてもいられないわ。女神としての勘で言うけど」

ステラも冷ややかにコメントする。

「あと半月もあのままだったら、鳥娘の魂はもう完全にもとどおりにはならないかも」

「どうにかしてやる気を出させないと駄目か。ま、でも、梨於奈もかなり動揺しているみたいだし——なんとかしてみよう」

つぶやく蓮。思わず、雪希乃は彼の顔をまじまじと見つめた。

チャラさと要領のよさばかりが目立つ青年に、そんなことが可能なのか。当の六波羅蓮は可愛い感じにウインクして言った。

「……実はね。前にステラといっしょに考えた『手』があるんだ」

その夜——。
雪希乃をふくむ『勝利の鳥ご一行』は小さい家々ばかりの当地では、かなり豪壮《ごうそう》なお屋敷に招かれて、祝宴に参加した。

牛や豚の丸焼きといった、野趣《やしゅ》あふれるごちそうの数々。

テーブルと料理の大皿を広い庭にならべて、外でのバーベキューであった。

葡萄酒《ぶどうしゅ》に、麦などを原料とする焼酎《しょうちゅう》もふるまわれ、功労者の梨於奈はあちこちから声をかけられては祝杯のさかずきを干していた（鳥のくちばしを酒杯につっこんで、なかなか器用に呑んでしまうのだ）。

しかし、小さな鳥の体だからであろうか。

アルコールが回るのも早かったらしく、宴もたけなわというところで、梨於奈はうつらうつらと頭を揺らしはじめた。

ついにはテーブルの上でうつぶせになり、『すやーっ』と眠ってしまう。

（ちょっと予定より早いけど、ちょうどいいかも）

梨於奈を見守りながら、雪希乃も同じ席で食事していた。

未成年かつ高校生の節度を守り、酒類には一切口をつけていない。しらふの頭でチャンスを見出《みいだ》した雪希乃、きょろきょろ周囲を眺めて――

「……ずいぶん楽しそうだわ、六波羅くん」

思わずあきれた。

地元『火の国』の戦士たちに交ざって、丸焼きにした牛のすぐそばに陣取り、ナイフで切り分けた牛肉を次々とほおばっては酒杯も空ける。

が、六波羅蓮の口は飲み食い以上に、おしゃべりでいそがしく動いていた。

持ち前のチャラさで近くにいる人間に遠慮なく話しかけ、明るく笑い、大いに座を盛りあげていた。

見れば、屋敷の主《あるじ》の娘だという少女も蓮のそばでケラケラと笑っている。

「日本男児のくせに、パリピ感が半端ないわね……」

思わず雪希乃は眉をひそめた。

いや、かく言う物部《もののべ》雪希乃も地方在住。わりと身近にマイルドヤンキーと呼ばれる手合いのパーティーピープル勢も多い。カラオケに行けば、そちらの層に大人気のミュージシャン一族の曲を歌ったりもする。

だが、やはり日本男児には寡黙《かもく》で不器用であってほしい——。

個人的な好みから、浮かれさわぐ六波羅蓮へ、つい批判的な目を向けてしまう。そして、すぐに驚いた。

よほどの大声で呼ばないと、気づかれないほどに離れていたのに。

雪希乃がそうする前に、蓮はあっさりとこちらの視線に気づいて、にっこり笑いかけてきたのだ。愛嬌《あいきょう》たっぷりに。

そのまま蓮は席を立ち、雪希乃たちのテーブルまでやってきた。

「おっ。梨於奈は寝ちゃったんだね」

「ええ……。六波羅くん、あんなにはしゃいでいたのに、よく気づいたわね。私がそっちを見ているって」

「ああ。それ、僕の特技みたいなんだ」

蓮はあっさりと言った。

「飲み会とかパーティーのときに、女の子やお姉さまにいつのまにか注目されてるのって、よくあることじゃない？　だからか視線に敏感になった——みたいだよ。自分ではあまり気にしてないつもりなんだけど」

「そ、そう。さりげなくモテ自慢をぶっこんできたわね……」

チャラ男のリア充めと、雪希乃は顔を引きつらせた。

大勢の人が集まる席でもひときわ目立ち、しかも女子の視線をよく集める宣言。きっとそういう女子にはすかさず話しかけ、場を盛りあげるのだろう。

しかし、たしかに注目されるのもわかる。

言いたくはないが、この青年はルックスも高水準だし、陽気でトークも上手《うま》く、おまけに決して鈍感ではない。

好みの問題さえなければ、たしかに魅力あふれる存在ではある……

「そんなことより！　その作戦ってやつをおねがいね、六波羅くん！」

「いいとも。それと雪希乃。そろそろ僕のこと、蓮って呼び捨てにしても……」

「しませんっ。ほら、行った行った！」

六波羅青年の人なつっこさに親しみを感じそうになって――

雪希乃はあわてててしまった。あんなチャラ男に乗せられてはいけない。作戦実行のために離れていく蓮の背中を見送りつつ、ほっとしてしまった。

それよりも今は『お姉さま』だ。

目の前のテーブルでは、青い鳥がだらしなくうつぶせに寝ている。

そして、待つこと一〇分ほど。

雪希乃はおもむろに、小さな鳥の体をやさしく揺さぶった。

「お姉さま、お姉さま」

「ん……わたしとしたことが、眠ってしまいましたか……」

「でね。ついさっき六波羅くんが奥の部屋の方へ引っ込んでいったの。お姉さまが寝ていることを確認してから――」

こう言えと指示されたとおりに、雪希乃は報告した。

作戦とやらの詳細は聞いていない。はたして、こんな言葉だけで上手くいくのかと不安に思っていたのだが。

お姉さまは不審そうにつぶやいた。

「わざわざわたしの就寝中に、あの人が？　悪事の匂《にお》いがしますね……」

「そ、そうなの？」

「そうです。六波羅さんは見てのとおりチャラ男の遊び人。婚約者のわたしの目を盗んで悪さをすること二度三度四度——」

「ちょっと待って、それ初耳！」

雪希乃はあわてて爆弾発言にツッコんだ。

「ふたりが婚約してたなんて、私、聞いてないわ！」

「言ってませんでしたか？　ま、とにかく、要チェックです！」

ばさりと羽ばたいて、梨於奈は飛び立った。

今夜はこの屋敷に泊まってくれと、部屋も用意してもらった。宴会会場の庭から邸内へと梨於奈は飛び込んでいった。

そのまま、荷物を置いた自分たちの部屋へ。

尚、ここ『火の国』の家屋にはドアというものがまだないようで、部屋の入り口には布を垂れ幕のように下ろして、仕切りにしてある。

色あざやかに刺繡《ししゅう》も加えてある布で、屋内を華やかにしてくれる。

その布の前で梨於奈——青い鳥が立ち尽くしていた。何かショックで飛ぶこともできなくなったのか、床まで降りて、鳥類の細い二本足で。

雪希乃は気づいた。

お姉さまは室内で交わされる会話を布越しに立ち聞きし、さらに布の隙間《すきま》から部屋のなかをのぞき込んでいるのだ。

追いついた雪希乃もそれにならってみたら——

「ステラちゃんっ!?」

思わず叫びそうになり、あわてて口を押さえる。

室内にはすさまじいほどの美女がいた。輝く金髪を結いあげて、胸元もあらわな白い衣《ころも》をすばらしいボディラインの肢体に巻きつけている。乳房《ちぶさ》やお尻などはきわめて肉付きゆたかでありながら、しっかりと腰はくびれて、手足は細く、そして何よりミニマムな体の小女神ステラとうりふたつであった。

お人形サイズではなく、雪希乃などと同じ人間並みの背丈なのだ!

(大きくもなれたのね、ステラちゃん……)

大ステラといっしょにいるのは、もちろん蓮だった。

寝台にすわった六波羅蓮。その膝《ひざ》の上に大ステラは腰かけ、彼にしなだれかかって、甘えている最中である。

蓮の耳元になまめかしく唇を寄せて、甘い声でささやいている。

「ねえ蓮……そろそろその気になってくれた?」

「駄目だよステラ。知ってるだろ、僕には婚約者がいるわけだし、君の気持ちにはとても応《こた》え

られないよ」

「バカね。あの鳥娘はもうおしまい。一生あの姿のままよ」

くすっと嘲《あざけ》りの微笑を大ステラは浮かべた。

幼い顔立ちながら、匂い立つような色香《いろか》と大人っぽさがあふれ出る。同じ女性である雪希乃でさえ、背筋が震えるほどにどきりとした。もしも自分があんな声と表情で愛をささやかれたら、理性を保てるだろうかと――。

雪希乃と梨於奈が盗み見する前で、大ステラはさらに言う。

「あの姿のまま、魂までちっぽけな小鳥になり果てて、人間の男と愛し合うこともかなわない生涯を終えるのだわ。でも、あたしはちがう。ときどきはこうして蓮と同じ大きさになり、心ゆくまで体を重ねることだってできる……」

「でも、僕は梨於奈にそういうことを求めてないからね」

「はいはい。形だけの婚約、本当の狙いはおたがいの立場と力を利用し合うこと――そう言いたいんでしょう？　でも、それなら尚更だわ。所詮《しょせん》、師匠の羅濠にも立ち向かえず、あわれな鳥の肉体に魂を囚《とら》われたまま死ぬであろうヘタレ女よ。この先も役に立つわけがない。ま、開きなおって、あのいばった師匠に挑戦できるくらいの勇気があれば、もしかしたら、道は拓《ひら》けるかもしれないけど……ああもみじめな有様じゃあね」

「だ、誰がヘタレでみじめですかあっ!?」

くすくす大ステラが嘲笑していると、ついに梨於奈は絶叫した。

ぴょんぴょん跳ねるように走って、ドア代わりの布をくぐり、室内に押し入った。密着する蓮とステラに言いはなつ。

「そ、そこまで言われて怖《お》じ気《け》づいたら、女がすたるというものです。いいでしょう、明日にでも蓬萊八島《ほうらいはっとう》へ乗り込んで、お師匠さまに直談判してやります！　わたしが超絶美少女に復帰した暁《あかつき》には、へそでお茶を沸かしてもらいますからね、ステラ！」

「あら聞いてたの。いいわよ、本当におまえが人間の姿にもどれたらね！」

わめく青い鳥。鼻で笑って受けながすステラ。

売り言葉に買い言葉――いや。

人格崩壊しかけていた鳥羽《とば》梨於奈のプライドに火をつけるべく、ここぞというタイミングでととのえられたシチュエーション。

仕掛け人の片割れ、六波羅青年はにこにことやりとりを見守っている。

……ドア代わりの布越しに、雪希乃と彼の目が合った。お茶目にウインクされた。やはりチャラい。

しかし、ただチャラいだけではなさそうな〝何か〟もほのかに感じてしまった。

これは一体、何なのだろう？　一瞬だけ胸がどきりとときめいたのは、たぶん、さっきステラが見せた色香の余韻《よいん》ゆえだと思うが――。

初めての経験に、とまどいを覚える雪希乃であった。

幕間1 ——interlude 1——

◆ジュリオ・ブランデッリと女王カサンドラ、仲間たちを想う

「……蓮《れん》さまは今頃もう『火の国』にお着きなのでしょうか？」

「おそらくは。もちろん、不測の事態に巻きこまれていたら、その限りではないが——まあ、あの連中だからな」

　女王カサンドラのつぶやきに、ジュリオは答えた。

「どうとでも切り抜けられるだろう。問題は『火の国』を抜けたあと、いよいよカンピオーネの居ついた都を訪ねるときだと、オレは思う」

　二〇代前半の若さだが、栄華《えいが》をきわめる『享楽《きょうらく》の都』の宰相《さいしょう》位《い》にある。

（ちなみに神話の美姫であるカサンドラは齢《よわい》一〇〇を超す。神の血を引く王族なので、とにかく長命なのだ）

　ふたりは離宮のバルコニー付きテラスにいた。

小高い丘の上に立つ宮殿、その敷地のはずれにひっそりと建てさせた。瀟洒《しょうしゃ》な造りの、白亜の離宮である。清楚《せいそ》かつ可憐《かれん》な女主人《カサンドラ》に、いかにも似つかわしい。このバルコニーからは都と海を一望できて、なかなかの爽快感が味わえる。

しかし今、カサンドラは物憂《ものう》げだった。

「たしかにそのとおりです……。幸いにもわたくしどもは『海王の都』『屍者《ししゃ》の都』と同盟関係にございますが。先日も襲来した『円卓の都』は――」

「ああ。ゆるやかな敵対関係だと言えるだろう。ただし」

ジュリオはかねてよりの懸案《けんあん》を口にした。

「あそこの兵はそこまで機動力が高くはない。オレとしてはむしろ、かの狼王の軍団の方が気にかかる」

「狼王《おおかみおう》――ミズガルドの神域で、蓮さまと対決された神殺しさまですね！」

「あそこの兵が本気を出せば、鉤爪《かぎづめ》諸島のどこにでも風のように現れ、去っていくからな。しかも都を定めて、定住する習慣とも無縁。それこそ蓮たちが旅の道中でばったり遭遇しても不思議ではない……」

知的な風貌のくせに、誰よりも荒々しいカンピオーネ。

ジュリオも一度だけ対面したことがある。飄々《ひょうひょう》とした六波羅《ろくはら》蓮とは、まさに真逆のパワーファイターであるらしい。

「ただジュリオさま――それとはべつに、個人的な心配事がございまして……」

　恥ずかしそうにカサンドラが言った。

「蓮さまは……ああいう御方です。もしかして、旅の間に雪希乃《ゆきの》さまと親密になられてしまうのではないかと、少々不安に思っておりますす……」

「親密、か。それはまあ、蓮だからな」

　ジュリオは肩をすくめた。

「気の利《き》く男で容姿もよく、場をにぎやかすのも上手《うま》い。女性に好かれるという一点においては、かなり優秀であるのはまちがいない。しかし、大丈夫じゃないか？」

　気休めを言う趣味はない。ジュリオは淡々と言った。

「ああいう軽薄な男は好みでない――物部《もののべ》雪希乃はそう梨於奈《りおな》に言っていたぞ。実際、あまり好意的な態度を蓮に見せてもいなかった」

「でしたら、よいのですが……」

「ところでカサンドラ。その問題を心配するなら、むしろ婚約者である梨於奈との関係発展を懸念《けねん》すべきでは？」

　尚も不安げな美姫に、ジュリオは意見した。

「あれで梨於奈も、蓮のことを憎からず想ってはいるようだしな」

「でもジュリオさま。梨於奈さまは――鳥でございます」

「まあ、たしかに鳥なんだが」

「むしろ何かあるとしたら、ステラさまとの間にではないでしょうか？」

「なるほど、そっちか」

「繰りかえしますが、梨於奈さまは鳥でございますし」

「いつまでも鳥でいられると、オレたちとしても戦力ダウンで困るんだがな……」

アオカケスになる呪いを受けた鳥羽《とば》梨於奈。

恋愛面でも、戦闘その他の面でも、真の実力を発揮できない身の上だ。彼女の未来を想い、ジュリオはため息をついた。

第二章

八咫烏の娘、武林の至尊と再会す

1

徒歩から一転して、海路での旅となった。

風をつかまえ、海流にも乗った帆船の甲板《かんぱん》に出て、雪希乃《ゆきの》は大きく息を吸いこんだ。潮の香りと涼しい潮風が肺にたっぷり入ってきた。

「今までとちがって、すっごく速くて快適だわ！」

「そりゃまあ、ヒューペルボレアじゃオーバーテクノロジーもいいところの大型帆船に乗ってますからねー……」

気分爽快な雪希乃とちがい、肩に乗る〝お姉さま〟は憂鬱《ゆううつ》そうだった。

青い鳥アオカケスの背中は心なしか、しょんぼりしているように雪希乃には見えた。おしゃべりをする口も重そうだ。

「運よくうちの都――『享楽の都《きょうらく》』の交易船を捕まえられたのはラッキーでした。国のえらい人特権を振りかざして、針路も蓬萊八島《ほうらいはっとう》直行コースに変えてもらえたし……」

一の島、二の島、三の島、そして蓬萊八島――。

地球出身者《アーシアン》たちが許されざる王国《フォービドゥン・レルムズ》を乱立させた島々の名前である。

この島々をまとめて『鉤爪諸島《かぎづめ》』と呼ぶ。

そして、雪希乃たちが乗る木造帆船は鉤爪諸島の沿岸部を周遊し、行く先々で商品の仕入れと転売を繰りかえしていた。

「ま、一の島はほとんど無人の荒野とか砂漠だから、あそこにはたいして寄るところはないんですけどね。うちの都や『屍者《ししゃ》の都』、あと『円卓の都』もある二の島がいちばん街とか国が多いです」

「じゃあ、いちばん人口も多くて、ゆたかなところが二の島なのね」

「……どうでしょう？　その辺、二の島は貧富の差が激しいから、ぶっちゃけ蓬萊八島がいちばんという気も」

「うそっ。海賊団のアジトがあるだけの殺風景な島を想像してたわ！」

「向こうに着いたら、きっと雪希乃はすごく驚きますよ。お師匠さまのやばさも肌で実感できるはず……ううっ。六波羅《ろくはら》さんとステラに、何だかんだで上手《うま》いこと乗せられちゃった感が半端ないです――」

「そんな。考えすぎだわ、お姉さま！」

落ちこむ梨於奈《りおな》へ、雪希乃はちょっと棒読み気味に励ました。

昔からウソや演技は苦手なのだ。幸いにも『すさまじすぎる師のもとへ帰る』プレッシャーに押しつぶされそうなお姉さまは気づいていなかった。

ともあれ、船旅がはじまって四日目。

もうすぐ蓬莱八島が見えてくると聞いて、雪希乃は船の舳先《へさき》にわざわざ移動した。

「何あれ!?　船があんなにたくさん！」

ついに見えてきた陸地の沿岸部。

江ノ島を思わせる小島――その岸辺という岸辺がどこも船着き場になっていた。大中小の帆船がサイズごとに集められ、係留されている。

この島の近くを、雪希乃たちの帆船はすり抜けていく。

「蓬莱八島は、ヒューペルボレアで最も造船業の進んだ場所なんですよ」

梨於奈が鳥のくちばしを開き、教えてくれた。

「海賊稼業だけじゃなくて、交易や世界の探検にも必須のアイテムですからね。実は、今わたしたちが使っている船も『海王の都』から買いあげたものですし」

「か、海賊たちと取引なんかしていいの、お姉さま!?」

「お師匠さまのところと『享楽の都』は仲が悪いわけじゃありませんし、古来、海賊は『海の商人』も兼ねているものです」

「はあ……」

「ちなみに、今のは蓬莱八島の本島をとりかこむ七島のひとつ。もうすぐ見えてくる淡路島《あわじしま》くらいの陸地が本島で――『海王の都』です」

フォービドゥン・レルムズのひとつにして、神殺しの治める地。

ついに宿敵の本拠地に乗り込むときが来たのだ。雪希乃は緊張を押し殺し、右手をにぎりしめた。

この手に宿る救世《きゅうせい》の神刀、いよいよ魔王討伐《とうばつ》のために抜くときか――

などと思っていたら。明るい青年の声が聞こえてきた。

「おっ。羅濠《らごう》お姉さんの船が見えてきた！　ひさしぶりに豚まん食べにいこう！」

「いいわね！　あの女は本当にむかつくやつだけど、『海王の都』に罪はないものっ。あたしたちの都をのぞけば、はっきり言って、いちばんマシな都だわ！」

六波羅蓮《れん》が陽気に手を叩き、その左肩でステラが浮かれている。

救世の勇者として悲壮感にひたっていた雪希乃。ムードを台無しにされて、すこしだけ気分を悪くした。

「あのね六波羅くん、それにステラちゃんも、わたしとお姉さまはまさにこれから人生の正念場を迎えるわけで、もうすこし気を遣《つか》ってくれても――って」

視界にあるものが飛び込んできて、雪希乃は一瞬だけ絶句してから、

「な、何だっていうの、あれは～～～～っ!?」

愕然として、指さした。

決して小さくない陸地の岩壁沿いに、すさまじい巨船が停泊していた。

船首から船尾まで、すくなく見積もっても一〇〇メートル以上はある。その形状は『棺《ひつぎ》』を思わせる箱型だ。

マストも、帆も、櫂《かい》さえもない。

現代地球の海を往《ゆ》くタンカーなどに近いサイズ、形であった。

だが、ここはヒューペルボレア。しかも明らかに眼前の巨船は木造で――啞然とする雪希乃へ、ため息まじりに梨於奈が言う。

「あれはいわゆる《ノアの方舟《はこぶね》》。うちのお師匠さまの自家用ボートです」

「ノアって――あの聖書に出てくる!?」

「はい。神殺し・羅濠教主は何年か前、たまたま出会ったノアさんを故《ゆえ》あって倒したそうでして。彼の持っていた能力――権能《けんのう》をひとつ奪ったんですよ」

「あ……」

雪希乃は思い出した。

神殺しどもは殺《あや》めた神の聖なる権能を簒奪《さんだつ》する。なつかしい966時空の神裔《しんえい》、大伴《おおとも》老師か

ら教わったことだ。

「ノアさんは正確には神様ではありませんが、天使などとならぶ神話的存在ということで、一箇の神格として顕現《けんげん》していたようです。で、彼の所持する『神秘の力を持つ船の建造』という権能を我がものとしたんだとか……」

「じゃ、あの大きな船はその力で自作したの!?　DIYみたいに!?」

「そのようです。ちなみに、狂気に落ちた《まつろわぬノア》は自慢の方舟をぶいぶい暴走させて、行く先々に大洪水を発生させる超凶悪な存在だったらしいですよ。我が師・羅濠さまはそいつを真正面からゲンコツで、船ごとぶっとばしたのだとか……」

師の武勇伝を、梨於奈はひどく暗い口調で語った。

雪希乃はごくりと息を呑んだ。

「まつろわぬ神々と、その宿敵である神殺し——こういうことなのね……」

もうまもなく、それほどの超越者と自分たちは対峙《たいじ》する。

近い未来に待ち受ける脅威《きょうい》を想像して、雪希乃は今さらながら、戦慄《せんりつ》を覚えた。

「まあまあ。会う前から緊張したって仕方ないよ」

六波羅蓮が調子よく言えば、その肩にすわるステラも軽い口ぶりで、

「そうそう。せっかくの料理が冷めてしまう前に、腹ごしらえもしておきなさい。これが最後

の晩餐《ばんさん》になるかもしれないんだし」

「縁起でもないことを、言わないでくださいよ！」

すかさず〝青い鳥〟梨於奈が言い返した。

本島『海王の都』の港へ無事に到着し、つつがなく上陸。適当に入った料理屋の卓上には、注文した品々がどんどん運ばれてくる。

水餃子。東坡肉《トンポウロウ》。キャベツではなくニンニクの葉を使った四川《シセン》風回鍋肉《ホイコーロー》。トマトと卵の炒め物。キクラゲと豚肉の炒め物。

饅頭《マントウ》。牛肉麵。茶碗によそったご飯、等々――。

まさかの本格中華と、神話世界ヒューペルボレアの料理屋で対面して。

雪希乃は悩ましい気分で箸《はし》を操った。

ひさしぶりの炊きたてご飯、ピカピカの銀シャリを口に運んで、思わず涙ぐむ。この味をひそかにずっと求めていた。パンや麵類だって大好物だが、日本国の主食である米にはなみなみならぬ愛着がある。

回鍋肉はじめ濃い味のおかず群も、ご飯に合うことこの上ない。

言い知れぬ満足感は、今までヒューペルボレアで何を食べても味わえなかったもの。が、神殺しにして『お姉さまに呪いをかけた元凶』の伝えた知識が生み出した文化だと思うと、なかなかに複雑で――

それでもパクパクと雪希乃は料理を食べ進める。

……不思議だった。あの長大な方舟を間近で目撃し、神殺し《羅濠教主》の逸話を聞いて以来、すこしずつ心と体が臨戦態勢になりつつあった。

その時にそなえて、今のうちにエネルギーをたくわえなくては。

だから食べる。食べる。

だが決して行儀悪く、がっつくことはしない。神の末裔《まつえい》にふさわしい品位を持って、しっかりと食材の数々を嚙みしめ、味わい、着々と己《おのれ》の血肉に変えていく。

食べるという行為が今、雪希乃にとっては『戦闘準備』となっていた。

その証拠に、心身共に研ぎすまされつつある。

感覚もだ。だから、しっかりと聞こえた。

店内に入ってきた者の軽い――軽すぎる足音。ひらひら地に落ちていく羽毛のごとき軽さでほとんど無音。只人《ただびと》には決して聞き取れまい。

足の運びと、体重移動も、尋常《じんじょう》でないほどになめらかだ。

おそらく、真冬に凍りついた湖の薄氷の上も、易々《やすやす》と渡っていくだろう。もろい氷を踏み割るような醜態《しゅうたい》は決してさらさずに。

水面に浮かぶ木っ葉《こば》の一枚があれば、その真上に悠々と跳びのるだろう。

そのまま沈むことなく、乗りつづけてみせるはずだ。

雪上に足跡のひとつすら残すことなく、歩いてもみせるだろう。ふわふわの雪に沈むこともなく、固い道路の上でも往くように平然と。

それは歩法——『歩く』という技をきわめた者のみに可能な歩みであった。

歩法こそがあらゆる武芸の基本中の基本。

しかして、最も深遠な奥義のひとつ。この域に達した者は滅多《めった》にいない。

雪希乃の身近にもほとんどいない。そう、ここまで〝使える〟武芸者はおそらく剣神の裔《すえ》である物部《もののべ》雪希乃と同等に近いレベルのはずで——

足音の主《ぬし》が今、自分のすわる席の真うしろにやってきた。

振りかえりもせずに、雪希乃は訊《たず》ねた。

「……あなたがもしかして、羅濠さん？」

「おいおい。バカ言うなよ。僕はただ妹弟子の鳥っぷりを眺めて、なつかしい方たちの顔を拝見しに来ただけの——只の人間だぞ」

と、ぶっきらぼうな答えが返ってきた。

そして、梨於奈が鳥類の丸い瞳を大きく見開き、天を仰いで、

「やっぱりいましたか、鷹化《ようか》兄さん。もうっ、まあた面倒事が増えるじゃないですか！」

と、愚痴った。

2

「……ふん。今度の勇者さまがまさか『女』だとはね」

ついに振りかえった雪希乃《ゆきの》の前に、かなりの美男子が立っている。

二十代前半のようだが線は細く、ととのった顔立ちと声はむしろ可愛らしい。

黒髪のアジア系だった。アイドルにでもなれば、女性人気がすさまじいことになりそうにも思える。ただし、ひどく偏屈そうな顔つきと、皮肉っぽく雪希乃をぶしつけに眺める目つきが矯正《きようせい》できれば、であったが。

雪希乃はひるみもせず、冷ややかに言い返した。

「あら。あなたも地球《アーシアン》出身者のようだけど、いきなり差別発言？　もしかして二一世紀よりも前から来た時代遅れな人なのかしら？」

「バカ言え。『女』のすごさだの恐ろしさなんざ三歳の頃から熟知してるよ」

性格の悪そうな美男子は苦い口ぶりで答えた。

「僕は陸鷹化《りくようか》。そこのしゃべる鳥が小師妹《シャオシーメイ》になるまで、我が師・羅濠《らごう》のおそばに仕《つか》える唯一の直弟子《じきでし》だったんだぞ。ああ、くそ、こんな人生もうまっぴらごめんだ！　師父《しふ》をはじめ、僕の身近には強い女と強すぎる女ばかりで、しかも、いつだって僕を面倒事に巻きこんではいい

ように便利使いするんだよ！」

「そ、そうなんだ……」

思いがけない告白に、雪希乃は切り返しに困った。

ここから舌戦《ぜっせん》でもはじまるのかと思いきや、そんなこともなさそうだ。

ちなみに、中国系であろう陸鷹化。

黒いパーカに同色のスキニーパンツ、そこに迷彩柄のジャケットを合わせたストリート風のファッションであった。

一方、意外と苦労人らしき兄弟子へ、梨於奈《りおな》が訴える。

「ちょっと！　可愛い妹弟子を鳥呼ばわりしないでくださいよ！」

「いつも生意気だし、べつに可愛くはないよ。何でか今日は《魔王殲滅《せんめつ》の勇者》なんて厄介な危険物を連れてきやがるし」

「基本、口の悪い人なのね……」

つぶやいた雪希乃、ふと気づいた。

「あなた――どうして私の素性を知っているの!?　ここにはさっき着いたばかりよ！」

「うちの師父は神殺しってだけじゃなく、この世の森羅万象《しんらばんしょう》をなんとなしに見とおす千里眼の主でもあるんでね。勇者降臨の天啓《てんけい》を受けたから見てこいって僕に命じるくらい、おかしくもなんともないのさ」

陸鷹化の言葉に、雪希乃は絶句した。

おそらく966時空の同朋《どうぼう》にして智慧《ちえ》の神の裔《すえ》・大伴《おおとも》老師と同じく、傑出《けっしゅつ》した霊視力ゆえにさまざまな啓示を受けとる人物なのだ。

本人と出会う前から《羅濠教主》のすさまじい逸話が次々と出てくる。

どれほどの傑物《けつぶつ》なのかを考えると、そらおそろしいほどだ。戦慄《せんりつ》する雪希乃をよそに、陸鷹化はうやうやしく頭を下げた。

なぜか六波羅蓮《ろくはられん》と、その肩に腰かける小女神へ――。

「ご無沙汰《ぶさた》しておりました、蓮さん。ステラさま」

しかも、右拳を左の掌《てのひら》でつつみこむ抱拳礼《ほうけんれい》と共に、こうも申し出る！

「島でのご滞在中、何かお困りのことがあれば、いつでも声をおかけください」

「そうさせてもらうわ♪　おまえの師匠は本当にむかつくけど、おまえはなかなか気の利《き》く男だし、顔も悪くないから、女神であるあたしのそばに侍《はべ》らせてあげてもいいくらい。感謝しなさい」

「ははは。鷹くんのこと、ステラはお気に入りだよね」

つんと澄まし顔で誉《ほ》める小女神に、にこにこと笑う相方の青年。

怪訝《けげん》そうな雪希乃に気づいて、六波羅蓮はウインクして、さらりと言う。

「驚いた？　実は僕と鷹くん、高校の先輩と後輩でね。部活もいっしょだったから、僕らのことをいろいろ立ててくれるんだよ。ねえ——？」

「ああ……そう、でしたね蓮さん」

一瞬だけ、昔を思い出すように考えこんだ陸鷹化。

ふたたび頭をうやうやしく下げて、すらすらと言葉を吐き出す。

「ええ。共にアニメ研究会で汗を流した朋友《ほうゆう》として、先輩を立てるのは当然のこと。後輩陸鷹化を今後もお引き立てくださいまし」

「そうそう。ふたりで三六時間マラソン上映会とかして、苦楽を共にした仲だ」

「傷ついた僕をかばうため、蓮さんがひとりで修羅場《しゅらば》に乗り込んできてくれたときもございました。全てよい思い出です」

「えっと……私、割と体育会系で文化系のことよく知らないんだけど」

打てば響くような男ふたりのやりとりに、雪希乃は口を挟んだ。

どちらも美男子《イケメン》ですらりとした体つき。いわゆる細マッチョの鍛えた肉体なので、インドアおたく趣味とは縁がうすそうなのに——

不思議に思いながら、最大の疑問をぶつけてみた。

「アニメ研ってそんなにハードな部活なの？」

「意外だろうけど、そうなんだ」

「ああ。よかったな女勇者、ひとつ賢くなれただろ」

にこやかな蓮に対して、陸鷹化の言葉にはいつも小さなトゲがある。

明らかに好意を持たれていない。上等――と、雪希乃は雄々《おお》しく微笑む。もとより、彼の師匠に直談判《じかだんぱん》という名目で『喧嘩』を売りに来たところなのだ！

雪希乃は席を立った。

「ま、いいわ。私はうわさのお師匠さまにおねがいがあるの。さっさとお姉さまにかけた呪いを解いて、もとの体にもどしてあげて――って。神殺しでもあるなら、ついでに救世《きゅうせい》の剣を向けてもいいし……早く私をその人のところに連れていって」

「雪希乃！　もうちょっと遠回しに喧嘩を売りなさい！」

あわてたお姉さま＝青い鳥にたしなめられた。

しかし雪希乃は気にせず、さらに言う。

「もし断られたら――ちょっとはしたないけど、腕力であなたをねじふせて、言うとおりにさせちゃおうかしら」

「はっ。今度の勇者さまはずいぶんと血の気が多いもんだ」

陸鷹化は軽く嗤《わら》った。

「ま、見たところ軍神ってわけでもなさそうな――せいぜい神の末裔《まつえい》って程度の、小師妹の同類なのが気になってたんだ。……いいぜ、女勇者。おまえが本当に《魔王殲滅》の称号にふさわしい器《うつわ》か否か、直にたしかめてやる」

次の刹那《せつな》、声だけ残して陸鷹化の姿が消え失せた。

「魔王殲滅ってのはな！　我が師父や叔父上《おじうえ》のようなカンピオーネ方をまとめて相手取ったうえで、さらに力で圧倒しちまうバケモノじゃないと成就《じょうじゅ》できない大業なんだぜ！　その辺いまいちわかってないだろう、おまえ!?」

「そんなの、これからわかればいいことよ！」

言い返しながら、雪希乃は走り出した。

陸鷹化のあとを追って。彼は周囲に『消えた』と錯覚させるほどのすばやさで窓際《まどぎわ》まで一息に跳び、窓の外へ飛び出していったのだ。

一部始終を見切っていた雪希乃も、ほぼ同等の早業《はやわざ》で動き出す。

英雄界ヒューペルボレア『海王の都』にある中華料理屋、その屋根の上に――。

……尚。

武術家ふたりが消えたあと、どよんと落ち込んだままの梨於奈が『婚約者』にぼそぼそと話しかけたのだが。

このやりとりが雪希乃の耳にとどくことは、もちろんなかった。

（さすが兄さん。とっさに話を合わせてくれましたね……。よりにもよって何で『アニ研』なんだってのはべつにして）

（ははは。打ち合わせもなしのアドリブだったんだから十分十分）

（蓮の正体をうざ娘に明かすわけにはいかないものね。……あいつ、機転も利くし、やっぱり使える男だわ。ほんと、あの魔女の弟子にしておくのがもったいない！）

「へえ！　この島、本当に栄えているのねえ！」

高みより街を見わたして、雪希乃はひどく感心した。

同じ海辺にある『享楽の都』も港が大きかった。大小の船舶が百隻以上も停泊し、出港のときを待っていた。

しかし『海王の都』の港には、その七、八倍もの船が集《つど》っている。

また、街としてもすばらしく充実していた。市中には大きな街路のみならず、水路までもが格子《こうし》状に張り巡らされている。

人々や牛馬だけでなく、船まで街中を行き交っているのだ。

低層の家々が多いのは当たり前として、あちこちに四、五階建ての高楼があった。

これらが妙になつかしい。というのも日本出身の雪希乃が京都や奈良などでよく見た五重塔――仏塔に酷似した木造建築なのだ。

今、雪希乃は〝とある五重塔〟の屋根を踏みしめている。

敷きつめた瓦《かわら》は、粘土を固めて作ったものにちがいない。屋根の端には、唐獅子《からじし》の置物まで据えられてある。

ここ『海王の都』は、いにしえの中国を思わせるアジアンな建築物ばかりだった。

そして、五重塔の屋根に登った者は、自分だけではない。

家々の屋根から屋根へと飛びうつり、この塔の——垂直な壁を当たり前のように駆けあがって、ここまで先行してきた美男子がいる。

都の繁栄ぶりに感心している雪希乃を、陸鷹化は皮肉っぽく眺めて、

「そりゃそうだ。ここは師父のおひざもとだからな」

「羅濠先生を慕《した》って、たくさんの人とか物とかお金が集まってきて、こんなに立派な街を造ったわけね」

「んー……それもあるけど、それだけじゃない」

陸鷹化は肩をすくめた。

「昔、あの人がどこぞの豊穣神をぶっ殺して、ぶんどった権能《けんのう》があるんだ。師父が住む場所はたちまち作物の実りも豊かになり、経済の方もじゃんじゃん潤《うるお》って、大きな都にまで発展しちまうってやつが」

「神殺しの人って、そんなことまでできるの!?」

「ああ。我が師父が自《みずか》ら《黄粱一炊夢《こうりょういっすいむ》》と名づけた権能だ。こいつが発動するの、僕が生きてる間はないと思ってたんだけどなあ……」

師の偉業を誇るというより、むしろあきれた口ぶりであった。

だが、雑談しつつも陸鷹化にゆるみはない。

全身をほどよく脱力させ、リラックスしているにもかかわらず、鋭い目配りで雪希乃を注視している。

ふたりの現在位置は、瓦葺《ぶ》きの屋根――

それも、ななめに七〇度ほど傾いた斜面だ。

足場としてはかなり不安定。しかも、雪希乃の方が陸鷹化よりも数メートル高い位置に陣取っている。

高きより低きへ動く方が速く、勢いも加わる。

だから、ポジショニングとしては明らかに雪希乃有利だというのに。陸鷹化はむしろ余裕あふれる面持ちでこちらの出方をうかがっていた。

「僕の方が歳も上のようだし」

陸鷹化は『こっちに来い』という手振りをした。

「先手は譲ってやるよ。お手並み拝見だ、勇者さま」

「あら、いいの？　そんなこと言うと――」

にっこりと笑う雪希乃の右手に、黒檀《こくたん》の木刀が現れる。

「一太刀《ひとたち》で終わらせにかかっちゃうわよ、私は！」

言い終わるよりも先に、木刀を振り終えていた。

やや離れた位置の陸鷹化、その眼前へ一息に踏み込みながら、刀を右肩の上に振りあげた八相《はっそう》の構えから、切りおろしの斬撃を放つ──。

雪希乃の初太刀の速さ、苛烈《かれつ》さ、容赦なさ。

九州薩摩《さつま》は示現流《じげんりゅう》の使い手がよく用いたという初太刀に似ていた。

そして雪希乃の剣は、同流で至高の速さとされる『雲耀《うんよう》』の域にあった。雲耀、すなわち稲妻の意である。

……この剛剣を、陸鷹化は紙一重《かみひとえ》で避けた。

だけでなく、するりと半円を描く動きで雪希乃のななめ後方に回り込み、指先をそろえた左掌《てのひら》で打ってきて──

猛禽《もうきん》の爪のごとき指先に、脇腹と、その内にひそむ腎臓を抉《えぐ》られる寸前。

雪希乃は送り足で半歩前進し、ななめ後方からの反撃をどうにかしのいだ。くるりと反転して、ふたたび陸鷹化と正対する。

今度は我が身を守るため、雪希乃は中段青眼《せいがん》に構えた。

木刀の黒い切っ先を中華武侠《ぶきょう》の眉間《みけん》に向けて、牽制《けんせい》する。追撃してくれば、いつでも突きで縫い止めるという構え。

「桃太郎《ももたろう》先生との稽古《けいこ》以外では初めてだわ」

なぜか雪希乃は微笑んでいた。

「後《ご》の先《せん》を取られそうになったのは。いつもは私が取る側なのに」

「ふうん。ずいぶんとぬるい環境にいたもんだな」

対して、陸鷹化は平然たるもの。

肩をすくめて、神殺しの直弟子はつまらなそうに言う。

「あんたくらいの使い手は——ま、そうそういるものじゃないけど、行くところに行けば、何人かはいるもんさ」

「たとえば、あなたのように……」

「まあな」

なぜ自分が微笑んでいるのか、雪希乃は理解した。

互角に近い敵手と初めて対峙《たいじ》できたからだ。故郷９６６時空では剣神の申し子として、長く最高の剣客《けんかく》として認められてきた。

のちに師と仰いだ護堂《ごどう》桃太郎は——外の時空から来訪した軍神である。

同じ人間のくくりで、物部《もののべ》雪希乃と互角の域にいる者とは初遭遇！

このシチュエーションに、ひどく高揚している。そう自覚して、雪希乃はあらためて——にっこりと笑った。

愛想を振りまくためではない、ただ歓喜ゆえにまろび出た笑顔だった。

それを仏頂面《ぶっちょうづら》で眺める青年・陸鷹化。構えを取るでもなく、だらりと両手をさげて、武器を抜こうともしない。

「あなた——陸くんだっけ。丸腰のままでいいの?」

「バカ言うな。僕は武林の至宝《飛鳳十二神掌《ひほうじゅうにしんしょう》》を授かってるんだぞ。木刀ごときに武器を取ったら、あとでひどく折檻《せっかん》されるんだよ、師父から」

「そ、そう」

裏事情の暴露に苦笑いしかけて、雪希乃は気づいた。

つまり自分の剣技より、師のパワハラの方が彼には恐ろしいのだ。なんという屈辱。剣神の末裔として、怒りを燃えあがらせたとき。

陸鷹化がゆっくり前進をはじめた。

「とりあえず女勇者さまの腕前がどんなものか、もうすこし見とくとするか」

一歩一歩ゆっくりと、まっすぐに雪希乃へ向かってくる。

威風堂々たる足取りは、まさしく王者の歩み。

しかも正中線、頭頂から股間へと至るラインがまったくぶれず、歩みもぶれず、わずかな隙《すき》もない。

この歩みに打ちかかっても、逆に返り討ちに遭《あ》う——。

不吉な予感に、雪希乃は襲われた。黒檀の木刀を持ち、リーチで勝るのはこちら側。いくらでも先手を取れるはずなのに。

が、陸鷹化の堂々たる歩みに気圧《けお》されて、一瞬だけ躊躇《ちゅうちょ》が生まれた。

だからだろう。中段からの片手突きはまたも紙一重でかわされた。

そのうえで陸鷹化はふたたび雪希乃の左なきめ後方に回り込み、だらりと下げていた右腕を鞭《むち》のようにしならせ――

顔面への手刀を放ってきた。

またしても後の先！　屈辱が雪希乃を襲う。

だが、この流れを攻防のさなかに予期したのも事実で――だから両手ではなく、とっさに右手のみで突いた。

遊ばせていた左腕で、陸鷹化の打撃をはらいのける！

「そうかんたんには〝詰め〟まで行かせてくれないか……」

「当たり前でしょう！　私を舐《な》めないでくれる！」

ここで退《ひ》いたら女がすたる。

負けん気にまかせて、雪希乃はあらためて中段青眼に構えた。

この構えで一度は後《おく》れを取った。それを再現すべく、陸鷹化もふたたびあの堂々たる王者の歩みで直進してくる。

今度こそ――雪希乃は両手で木刀を押し出し、突きを放つ。

両手突き。突き。突き。

一気呵成《いっきかせい》の三段突きで、陸鷹化の眉間《みけん》、喉笛《のどぶえ》、みぞおちを抉りにかかる！

ほぼ一瞬の間に三度も突く早業。

しかも臍下丹田《せいかたんでん》より発する体幹の力と、前進の勢いのみによって突いた。

うしろ足を引く、腰をひねる等、次の攻め手を予期させる動作や溜め、気配やリズムを極限まで無にする無拍子の突き。

そういう最小の動作で、最大の威力を引き出すからこそ達人なのだ。

だから――雪希乃が突くとわかっていても、陸鷹化の反応はわずかに遅れる。今までのように円を描く歩法ではかわせず、雪希乃と木刀が前に出た分だけ後退し、突きを避ける。同じやり方で次も避ける。紙一重で避ける。

窮地をしのいだ陸鷹化だが、くやしげに舌打ちした。

「きっちりお返しをしにかかるとは、気が強いもんだ」

三段突き。三度もチャンスがあったのに、今度は後の先を取れなかった。

だから、くやしがる。闘志を燃やす。陸鷹化の眼光が明らかに今までよりも鋭くなり、雪希乃を見据えている。

互角の雄敵《ゆうてき》が放つ眼力に、雪希乃は武者震いした。

嗚呼《ああ》――なんて愉《たの》しい。永遠にこの遊びをつづけていたい。剣神の申し子ゆえの想いが心と体を駆けめぐった。そして。

ずっと不敵な面構《つらがま》えだった陸鷹化が、にわかに顔色を失った。

「なに!?」

「…………あ」

いつのまにか、雪希乃の全身はいくつもの火花を放出していた。

バチバチと鳴る火花はもちろん小さな『雷』であり、剣神タケミカヅチの代名詞。さらに黒檀の木刀がひとりでに消えて――

「救世の神刀……マジかよ」

陸鷹化が呆然とささやいた。

雪希乃の左手より、自然と『剣の柄《つか》』が出てきたのである。それを無意識のまま右手でつかみ、すらりと引き抜いてしまった。

今、救世の神刀《建御雷《タケミカヅチ》》が雪希乃の手で燦然《さんぜん》と輝いている。

刃渡り一〇〇センチを超す大刀でありながら、その刃《やいば》は細く、あくまで優美。白金の輝きを宿す未知の金属で鍛造された武器――。

抜刀してしまった雪希乃、「あら大変」とつぶやいた。

「ごめんなさい。抜く気はなかったのだけど、この子も出番が欲しくなったみたい。私のやる気に引きずられたのかも……」

あやまってから、さらに付け足す。

「よかったら、あなたも何か武器を使ったら？」

「冗談じゃない」

フェアプレー精神に則《のっと》っての申し出は、しかめ面で一蹴《いっしゅう》された。

「無意識で最強最高の課金アイテムを取り出すようなバケモノと、何の下準備もなしにじゃれ合えるかよ。いい、いい。僕の仕事はここまでだ！」

ぶっきらぼうに宣言して、陸鷹化は天へと叫んだ。

「こういう次第です、師父！　この娘、とにかく『本物』ではあるようですよ！」

——そのようですね……

「え……っ!?」

雪希乃は唖然とした。

青天《せいてん》から『声』が降ってくる程度の神秘には、何の驚きもない。神裔である自分たちには日常茶飯事である。

だが、その声の麗《うるわ》しさは琴瑟《きんしつ》の調べにも似て、神々《こうごう》しくさえある。

感動的ですらある美声の降臨に、雪希乃は息を呑んだ。

――梨於奈《りおな》……


「は、はい～～～～っ！」

麗しすぎる声に呼ばれて、青い鳥が文字どおり飛んできた。

雪希乃の左肩に止まり、ぶるぶると小さな体を震わせながら、必死に答える。

「な、何でございましょう、お師匠さま!?」

――その者と共に、我がもとへ。急ぎなさい。鷹児《ようじ》は例の件をよきように……

「はいっ、直《ただ》ちに向かいますぅ～～～～っ！」

あのお姉さまがこうまで平身低頭するなんて――

驚嘆した直後。雪希乃と〝青い鳥〟こと鳥羽《とば》梨於奈はまばゆい青色の光につつまれて、空へと飛び立った。

「こうなったら、毒食わば皿まで！　一気に飛びますよ！」

梨於奈が《飛翔の術》を使ったのだ。

3

海賊団の本拠地でもある『海王の都』。

その中心部には、ずいぶんと豪壮な宮殿があった。北京《ペキン》旅行の折に観光した故宮《こきゅう》を雪希乃《ゆきの》は思い出した。

広さといい建築様式といい、大中華の皇宮に比すべき威をそなえていたのだが。

「あれはただのお役所。お師匠さまの住まいはべつのところです」

とは、梨於奈《りおな》の弁。

大宮殿の上空を素通りして、雪希乃とお姉さまをつつみこんだ光は天翔《あまか》ける。そうしてたどり着いた場所は『山』であった。

都の北方に鎮座していた里山――その七合目あたりである。

まばゆい木々の緑に囲まれて、瀟洒《しょうしゃ》な邸宅が建っていた。広めの敷地内には木造の平屋がいくつもあり、しかも、よく手入れされた庭園や池まで備わっている。

あくまで風雅《ふうが》。あくまで清涼。

いにしえの世の貴族などが住むにふさわしい趣《おもむき》だった。

そして、庭園に敷きつめた砂利の上に、屋敷の主《あるじ》であろう女人《にょにん》はいた。

「どうしたことです、梨於奈？」

衿《えり》を前で合わせる衣は和服に似るが、ロングスカートのように裾《すそ》が長い。

羽織るガウンの裾もきわめて長く、ひどく女性的でひらひらとした装いであった。身にまとう生地は全て正絹《せいけん》なので、さらにその印象が増す。最上級の衣類だけが持つ微量の光沢《こうたく》をも彼女はまとっているのだ。

しかし——女人の眼光は竜のように鋭く、その声は麗《うるわ》しい以上に力強い。

「わたくしは以前に命じましたね？　我が呪詛《じゅそ》を自力で解くまで、帰参するにおよばずと。だというのに、おまえはいまだにあわれな姿のまま……」

女人が見据える先には〝お姉さま〟のみがいた。

止まり木代わりの雪希乃——左肩に青い鳥を乗せ、右手にはまばゆい救世《きゅうせい》の神刀を抜き身で持つ勇者はまったく気にかけていない。

軽く見られている！　脅威《きょうい》と思われていない！

憤慨《ふんがい》する雪希乃とは裏腹に、梨於奈は必死に訴えた。

「それには事情がいろいろございましてぇ～～～っ」

「まだわたくしが話しております。至尊たる王の言葉をさえぎるなど、非礼もいいところ。恥を知りなさい！」

「んっぴぃぃっ！」

悲鳴と共に、お姉さまの小さな体がふっとんだ。

師である女人に叱責《しっせき》されただけなのに。雪希乃は悟った。声をそのまま衝撃波に変えて、愛《まな》弟子にぶつけたのだ。

ひっくり返った青い鳥こと梨於奈は今、雪希乃の足下で目を回している。

が、それでもしゃべりを止めないあたり、もともとの強気さの名残《なごり》であった。

「本当にいろいろあったんですよ～～。そこの雪希乃との出会いとか、救世の神刀とかいろいろ……」

「まだわかりませんか。本当におまえは口が減らない……」

弟子の不出来を嘆《なげ》くささやきと、小さな衝撃波の発生。

無色無形にして音速で飛来するそれを──雪希乃は切り払った。手首のスナップだけで救世の神刀《建御雷《タケミカヅチ》》を振るい、足下の大気を薙《な》ぐことで。

「話の途中で悪いけど、私も割り込ませてもらうわ」

「…………ほう」

婉然《えんぜん》たる美声の主《ぬし》は、言うまでもなく美貌である。

しかし、今の雪希乃にとっては、たいした問題ではなかった。

峻険《しゅんけん》な霊峰《れいほう》のたたずまいを遠方より望めば、たしかに美しいだろう。だが、それはあくまで離れているからだ。その頂《いただき》をめざす登山者にとっては、今まさに直面している山道の険しさ、恐ろしさの方が遥《はる》かに切実なのだから。

「あなたが羅濠《らごう》教主……なのね？」

なるべく凜々《りり》しい声を出そうとした雪希乃。

だが、すこしかすれた。対して、神殺しの妖人は優雅な声音で言う。

「……さて、魔王殲滅《せんめつ》の勇者よ。至尊の王者である羅濠にあるまじきことですが、わたくしは少々迷っております」

「どうして？」

「あなたを真の勇者として遇すべきか否か。正直に言って、かつて対峙《たいじ》した救世の英雄王などと比べれば、いかにも頼りない。生まれたての稚魚《ちぎょ》、雛《ひな》のようなもの。本来であれば、この羅濠と直《じか》に言葉を交わすなど――僭越《せんえつ》もいいところです」

おまえなど、話をする価値もない。

はっきりと告げられて、雪希乃は鼻白んだ。しかし。

「にもかかわらず……ふふふ。わたくしのもとに『火雷噬嗑《からいぜいごう》』の天啓《てんけい》が降りてきた。不意に大敵が現れる、噛み砕けという卦《け》が――」

羅濠教主が口元に浮かべた微笑、ぞっとするほどに酷薄であった。

「しかも、問題の娘の意気に応《こた》えて、救世の神刀まで自ら姿を顕《あらわ》す……。あなたはひどく不思議な存在ですね」

「不思議、ですって？」

「ええ。本来なら、とてもその器量ではないはずなのに——あなたという存在を魔王殲滅の勇者とすべく、《運命》側の一党がこぞって庇護《ひご》している。もはや依怙贔屓《えこひいき》を通りこして、贔屓の引き倒しとさえ言ってもいいほどに」

羅濠教主の言葉に、雪希乃はむっとした。

手厚く〝ひいき〟しすぎて、かえって相手の迷惑になる。それが『贔屓の引き倒し』の意味だったはず。ならば。

「バカを言わないでっ。私は自分の故郷である966時空を救うために、このヒューペルボレアにやってきたの！　あなたたち神殺しを全滅できれば、混沌《こんとん》に呑まれた世界と人々を救えるはずだから！」

ついに凜々しくも猛々《たけだけ》しく、雪希乃は啖呵《たんか》を切った。

「その使命を助けてくれる力なら、いくらでも大歓迎するわ！」

「ふ——っ。嗚呼《ああ》……なんと可愛らしい」

驚いたことに、羅濠教主はむしろ慈悲深いまなざしを向けてきた。

ただし、その眼光には慈悲と共にあわれみ、さらには、竜虎のごとき獰猛《どうもう》さまで濃厚に秘められている！

「よいのですか？　今の言葉を後悔しても知りませんよ？　そう……《魔王殲滅》の大業とは、

このわたくしを宿敵のひとりに数えること。こうして対面すれば最後、必ず雌雄《しゆう》を決せねばならないということ！」

羅濠教主は朗々と言った。

「我が姓は羅、名は翠蓮《すいれん》。字《あざな》は濠——そこな娘の師でもある。……梨於奈よ、その勇者をわたくしの前に連れてきた以上、覚悟はできているのでしょう？」

「あ〜〜……ええ。まあ、どうせ一蓮托生《いちれんたくしょう》になるのかな、とは思ってました」

さっきまでぶるぶる震えていたお姉さま。

しかし、ようやく〝らしさ〟を取りもどしてきたのか。雪希乃の左肩に飛びのって、さばさばと答えた。

「お師匠さまの性格と、雪希乃の能天気すぎる思考回路を掛け合わせると、遅かれ早かれこうなるかもなとも、ひそかに」

「承知しました。ならば、賭けをしましょう」

形のよい右手を羅濠教主は突き出した。

人差し指、中指、薬指の三本を立て、どこか楽しげに言う。

「わたくしはこれより三手、おまえたちに技を放ちます。全て受けたあとで、ふたりともこの大地に立っていられたら——梨於奈よ。おまえの呪詛を解きましょう」

「えっ？　たった三手だけでいいの？」

「お師匠さまの三手……り、了解しましたっ。雪希乃、全力で耐え忍びますよ！」

拍子抜けした雪希乃に対して、梨於奈は緊張もあらわであった。

小刻みに青い鳥の体が震えるのは恐怖ゆえ。『師』の力量を熟知するからこそ、今の宣言の厄介さがわかるのだ。

気を引き締めた雪希乃へ、お姉さまはぼそりと言う。

「……まあ、こちらには前回も使った《スーパーサイヤ人の術》もあります。使えるものを全部使えば、十分にチャンスはあるはずです……！」

「ああ、それと梨於奈」

青い鳥の耳打ちと教主のつぶやき、雪希乃は同時に聞いた。

「今回はおまえと——その物部《もののべ》某《なにがし》なる娘、双方の〝底〟を検分するため、見立ての邪魔になりそうな〝もの〟は事前に取り除いておきました。そのつもりで励むように」

「へっ？」

突然、師より宣告されて、梨於奈はめいっぱい驚愕した。

「ええ〜〜〜〜〜〜〜っ!?　そんな殺生な！」

「……で、陸《りく》くんが僕らの接待役ってわけだ？」

「はい、左様で。ま、さっき口裏合わせたごほうびってことで、しばらくつきあってくださいよ。そう長くもかからないでしょうし」

「蓮《れん》の力添えがなきゃ、たしかに鳥娘もうざ娘も一蹴《いっしゅう》されるでしょうね……」

六波羅《ろくはら》蓮、陸鷹化《ようか》、そして小女神のステラ。

そろって『灰色の空間』に閉じ込められていた。

蓮は珍しげにきょろきょろとあたりを見まわしている。鷹化は腰のうしろで両手を組んで、待機の構え。ステラは蓮の右肩に腰かけ、あきれ顔だった。

ついさっきまで、港近くの料理屋にいたというのに。

眼前から消えたパートナーにコンタクトすべく、蓮は鳥羽《とば》梨於奈へ念を送った。しかし、何のいらえもない――。

蓮の顔色をうかがったのか、陸鷹化が言った。

「蓮さんと小師妹《シャオシーメイ》の絆《きずな》を断っておけと申しつかりましてね。師父《しふ》から託された《壺中之天《こちゅうのてん》》の結界を広げさせていただきました。ま、カンピオーネの方がその気になれば、力ずくで破ることは問題なく可能でしょうが」

うやうやしい口調で武林の麒麟児《きりんじ》はつづける。

「師父いわく、そこも織りこみ済みだとか。結界が破られる頃には、僕らの用は済んでいるという次第で……」

「なるほどねえ」

蓮はうなずいた。

神殺し＝カンピオーネは魔術・呪詛《じゅそ》などに強い耐性を持つ。その力を空間に向けて解放すれば、広範囲にかかった術までも打ち消せる。

だが、この結界はそういう破り方も想定した造りなのだろう――。

納得した蓮は、にっこりと言った。

「わかった。じゃ、せっかくだから今の状況をもっと有意義に使いたいな」

「と、言いますと？」

「鷹くんに会える機会も最近すくないし、せっかくだからさ。僕と……ちょっとスパーリングしてみてよ」

「あら、何か面白そうね」

パートナーの提案を聞いて、ステラが左肩から消えた。

蓮は心おきなく、虚空《こくう》に左ジャブを二発繰り出し、体をリズミカルに揺する。高校時代、部活で毎日のようにこなしたシャドーボクシングだ。

すると陸鷹化は目を丸くして、

「スパー……蓮さんと散打《さんだ》をしろってことですか？　武術で!?」

「そうそう」

「そりゃあ、やれと命じられればやりますが」

いつも不遜《ふそん》なカンピオーネの直弟子《じきでし》が、珍しく狼狽《ろうばい》していた。

「わざわざ申しつけるくらいです。僕に接待プレイをしろという意味じゃ——」

「ないない。本気の本気でやってほしいなあ」

「参ったな……。そりゃ蓮さんがそこそこやる方だとは承知してます。ま、たぶん、まじめに拳闘一本に打ち込めば、才能だけで日本王者くらい取れますよ。そこから先のレベルでどこまで行けるかは運と精進次第でしょうけど——。でも、さすがに……」

「現時点の実力じゃ、鷹くんに遠くおよばない、でしょ？」

にやっと蓮は笑いかけた。

ボクシングの日本王者を『くらい』と言ってのける。さすが武林の麒麟児という上から目線がいかにも陸鷹化らしい。

当然、その実力も折り紙付きで——

すると鷹化は察しよくうなずいて、肩をすくめた。

「なるほど。その辺も踏まえて、たしかめたいことでもあると？」

「ははは。さすがに話が早い♪」

「ようございます。この陸鷹化、微力を尽くさせていただきます」

直後だった。

鷹化はするすると直進し、蓮の眼前に入り込んできた。ついさっき雪希乃との立ち合いで見せた王者の歩法によるものだった。

そこから一切の予備動作なしに、スッと右手の掌《てのひら》を前に突き出す。ひどくやわらかな手さばき。それでいて最短距離をまっすぐ、瞬時に駆け抜けて、その掌は蓮の心臓を強打する――はずだった。

それは物部雪希乃が見せた無拍子の突きに比すべき、暗勁《あんけい》の奥義であったのだから。

だが鷹化の眼前から、いつのまにか蓮は消えていた。

こつん。背後からのゆるいジャブで後頭部をつつかれて、武林の麒麟児は呆然として、振りかえる。六波羅蓮が軽やかに笑っていた。

「今、僕が出した一手は――」

目を輝かせて、陸鷹化は言う。

「あの女勇者にできる程度のことは、僕にもできるってアピールしとくつもりで似た技を出したんですけどね。蓮さんには通じませんか？」

訊《き》きながら、鷹化は鞭《むち》のように左腕全体をしならせた。

だらりと下げていた腕を跳ねあげての裏拳――バックハンドブロー。ただし拳はにぎらず、開いた手の甲で蓮の顔面を打つ！

しかし、ふたたび蓮は消え失せ、こつんと後頭部をつつかれた。

鷹化はくるりと背後を振りかえり、両手を上げた。

「降参です。どうやら新しい権能にもずいぶんと慣れたご様子で……」

「ちょっと手こずったけど、どうにかかね。鷹くんレベルの人にも通用するなら、かなり役に立ちそうだよね」

お茶目にウインクして、蓮は神殺しの弟子へうなずきかけた。

4

ドォォォォォオオオオオオオンンンンンンッ！


すさまじい轟音と共に、黄金に光り輝くゲンコツが飛んできた。それも、巨人の顔面をたたきつぶせそうなほどに大きな拳が——。

その豪打を受けて、雪希乃《ゆきの》はたちまちふっとばされた。

「きゃああああああああああっ!?」

やにわに羅濠《らごう》教主の全身が光り輝いたのだ。

光はそのまま『にぎった拳』の形となり、渾身《こんしん》の右ストレートよろしく雪希乃めがけて、ぶつかってきたのである。

——直撃。しかし、救世《きゆうせい》の神刀がどうにか加護を展開してくれた。

雪希乃の五体を淡い輝きがつつみこみ、物理ダメージを遮断してくれる防御の力場となってくれたのだ。

だが、その加護に守られて尚、雪希乃の全身は燃えるように熱い。

手足がバラバラになったようにも感じる。すさまじい衝撃を真正面から、めいっぱいたたきつけられて、我が身がどうなったかも把握できなくなっていた。度を超えた大ダメージのせいで、痛覚が『熱い』以外を認識できない――。

（しっかりしなさい、雪希乃！）

雪希乃の体に同化した〝お姉さま〟が叱咤《しった》する。

（神刀の加護が効いてますし、まだお師匠さまは一手しか出してません！　あなたは強い子、まだまだやれますよぉっ！）

「あ、ありがと、お姉さま。でも……」

意識が朦朧《もうろう》とするなか、雪希乃は弱々しく訴えた。

「ちょおっと体がきついから、例のやつをやってくれる……？」

（あー……《スーパーサイヤ人の術》ですか）

申し訳なさそうに、梨於奈《りおな》の思念は答えた。

（すいません、今日はできなくなりました。あのパワーの供給源が急にどこかへ移動してしまったようで……）

「そ、そうなの……？　月の満ち欠けのようなもの……？」

（そんなところですっ。強力かつ繊細な呪法なので、月や星辰《せいしん》の位置にいろいろ影響されてしまうのですよ！）

痛みのせいで、頭がぼうっとしている雪希乃。

ぼんやりとつぶやく程度しかできない。心配するお姉さまの声もべつの星の出来事のようにしか思えない。

――なんということだろう。

剣神の申し子として、９６６時空では敵なしだった物部《もののべ》雪希乃が。

今、神殺し／カンピオーネのわずか一打を受けただけで、ＫＯ寸前のところまでいきなり追いつめられている！

「ふふふふ。なんと、まだ意識がありましたか」

傲然《ごうぜん》と笑う羅濠教主の声が聞こえた。

「そのまま斃《たお》れてもかまわないという心づもりで打ったのですが、なかなかにしぶとい。ですが、立って二手目を受けるほどの余裕はなさそうですね……」

追い打ちをかけるつもりはないのだろう。

羅濠教主は泰然《たいぜん》自若《じじゃく》として、ダウンした雪希乃を見おろしているはずだ。

「……今のって、どういう能力なの？」

（実は、めちゃくちゃ単純な権能《けんのう》なんです。お師匠さまの腕力、筋力をケタはずれに引きあげて、金剛力士《こんごうりきし》レベルにしちゃうっていう……。でも、生身の筋肉じゃ耐えられないくらいのバカ力を振るうこともできて）

雪希乃の問いに、お姉さまが早口で答えてくれた。

（そういうときは今みたいに、分身やオーラの手足でパワーを発現させるんです！）

「我が第一の権能《大力金剛神功《だいりきこんごうしんこう》》――軽く解きはなってみましたが、いかがです？　新たな勇者どのの眼鏡にかなえばよいのですが……」

どこか楽しそうに、羅濠教主は言った。

頭をかかえる感じの憂鬱《ゆううつ》そうな念が、梨於奈から伝わってきた。

（うわあ。お師匠さま、冗談まで言っちゃってますよ）

「珍しい……ことなの？」

（はい。惑星直列級の超・椿事《ちんじ》です。魔王殲滅《せんめつ》の勇者が来たことで、興が乗っちゃったみたいですね……）

眼鏡にかなうどころか、雪希乃はまさに圧倒的な実力差を痛感していた。

剣術自慢の己《おのれ》が――予想外すぎる攻撃とはいえ、光の右ストレートをかわすこともできずに直撃を浴びた。

雪希乃にはわかる。羅濠教主の武芸ゆえだった。

すこし前、雪希乃自身が繰り出した無拍子の突き。あれと同種の技――否、より研ぎすました技法で繰り出された拳だったのだ。

次の攻め手を予期させる動作や溜め、気配やリズムを極限まで無にする。

それが無拍子。

最小の動作で最大の威力を引き出す達人だからこそ可能な打突。だから――来るとわかっていても雪希乃の反応は遅れた。

「一生の不覚ってやつだわ……」

中国武術に『武器は手の延長』なる教えがあるらしい。

自分の手を操るのと同じ感覚で、武器をあつかえるようになれ。だが、羅濠教主は湧きあがるオーラさえも我が手と同様に駆使できる！

物部雪希乃は、まだまだその境地にとどかず……。

(雪希乃。今、治癒《ちゆ》の術をかけています。もうすぐ効いてくるはずです！)

「ありがと……本当ね。すこし痛みが引いてきた……」

ゆっくりと身を起こし、力の入らない足でどうにか立ちあがる。

自分と同化した梨於奈が体の内側から治癒術をかけてくれた。だが、それは同時に痛覚の回復をも意味しており――

「あ……痛たたたたた……」

関節という関節が軋《きし》み、胸のあたりに鈍痛が走る。

胸骨のどれかが折れてしまったのかもしれない。しかし、どうにか両足で立ち、救世の神刀を中段青眼《せいがん》に構えなおした。

すると、羅濠教主が心地よさげに両目を細めた。

「立ちましたか。よろしい。わずか一手で打ちのめされる弱敵に、魔王殲滅はおろか勇者の号すら名乗る資格なし。ひとまずあなたを『勇士』と認めましょう」

「あ……あなたの一撃に耐えられたから……？」

「もちろん。武林の至尊が振るう技には、それだけの価値があります」

大言壮語《たいげんそうご》——に、もはや聞こえない。

羅濠教主ほどの傑物《けつぶつ》であれば、たしかにそこまで言っても許される。宿敵であるはずの雪希乃でさえ、そう思ったとき。

天下無双の神殺しは、嫋々《じょうじょう》と謡《うた》いはじめた。

「力は山を抜き、氣は世を蓋《おお》ふ……。時、利あらず、騅逝《すいゆ》かず」

その歌声はのびやかで、しかも凜《りん》たる気品にあふれていて——

聴く者の心を一瞬で惹《ひ》きつける『華』があった。しかし、なぜ羅濠教主はいきなり謡《うたい》などと雪希乃は困惑したのだが。

「騅の逝かざる奈何《いかん》すべき。虞《ぐ》や虞や若を奈何《なんじ》せん——」

気づけば風が生まれ、吹き荒れていた。

それも物部雪希乃の方へと、轟々《ごうごう》と向かってくる暴風だ。この大気のうなりにさらされて、全身の肌という肌がひりひりと痛み出す。

救世の神刀が輝き、雪希乃の体は加護の光につつまれた。

「これはどういうこと!?」

（お師匠さま第二の権能《竜吟虎嘯大法《りゅうぎんこしょうだいほう》》です！　声がそのまま風となり、衝撃波にもなるっていう荒技ですよ！）

「さっきお姉さまにぶつけてきたやつね！」

「漢兵、已《すで》に地を略し、四方楚歌《そか》の声……」

羅濠教主の謡、サビの部分と思われる山場を迎えていた。

とたんに暴風と衝撃波の威力は一気に上がり、雪希乃はふたたびふきとばされそうに――しかし堪《こら》えた。

「おねがい、救世の神刀《建御雷《タケミカヅチ》》！　私を守って！」

中段青眼に構えた愛剣に祈りと、神裔《しんえい》としての霊気を注ぎこむ。加護の光は一層まばゆくなり、強度を上げて――

「大王意気尽く、賤妾《せんしょう》何ぞ生《せい》に聊《やす》んぜん！」

（だめです、雪希乃！　これはまだ序の口、お師匠さまの《竜吟虎嘯大法》はもっともっと破壊力を上げていきますよ！）

「なんてこと——それじゃあ、もう防げないわ!?」

雪希乃は絶望しかけ、しかし、すぐにかぶりを振った。

ここに来たのは９６６時空のみならず、多元宇宙の全てと、大切な人たちをふたたび取り返すため。

桃太郎《ももたろう》先生も、雪希乃なら必ずできると言ってくれた——

「……はっきり言ってたかはちょっと記憶が曖昧《あいまい》だけど、そう思ってた方がテンション上がるから、そういうことにして！　先生が保証してくれたんだから、私ならできる！　物部雪希乃の底力は——こんなものじゃないんだから！」

自分に都合よく記憶を書きかえつつ、雪希乃が裂帛《れっぱく》の気合いを発したとき。

カラカラ、カラカラ、カラカラ、カラカラ

雪希乃の耳にかわいた回転音——木の車輪が回るような音が聞こえてきた。まわりのどこにも車輪などないというのに。

その幻聴と同時に、体の奥底から『力』が湧きあがってきた。

（雪希乃の気と霊力がどんどん上昇中——ど、どうしたんですか、これ!?）

「わ、私にもわからないわ!?　お姉さまがやってくれたんじゃないの!?」

輝く神刀を構えた雪希乃の五体。

女子高校生の全身がバチバチと放電まではじめていた。

ほとばしる電流がまわりの大気を灼《や》き、大地を打つ。なんとも荒々しい。

この絶えず湧き出る電光が暴風を押しかえしているのか、今までとちがい、難なく衝撃の魔風と対峙《たいじ》できるようにもなっていた。

それに気づいて、雪希乃はハッとした。

「私の——剣の本領は守りじゃない！　我、破邪顕聖《はじやけんせい》の御剣《みつるぎ》とならん！」

悟った瞬間に踏み込んでいた。

受け手ではなく、こちらが攻め手となるために。

電撃を放ちながら雪希乃は五間《ごけん》——およそ九メートルの距離をひとっ飛びに詰めて、羅濠教主へ無拍子の突きを繰り出した。

必殺の剣。その前に羅濠教主はなんと右手のひらを突き出す。

親指をのぞく四指で、神刀の切っ先を横からはじく。おでこを『ぴん！』とやるときの指使いであった。

すさまじいことに、四指の打擲《ちようちやく》で雪希乃の突きは撥《は》ねのけられた。

だが——羅濠教主も迎撃の際に、謡を止めていた。第二の権能《竜吟虎嘯大法》をとにかくしのいだことになる！

「二手目を受け切るばかりでなく、わたくしに掌《しょう》を使わせましたね……」

羅濠教主はつぶやいた。

「かつて——魔王殲滅の勇者を破った我が義弟《おとうと》の言葉です。『剣神の本領は守りにあらず、攻めにあり』。その真理を即座に悟るのみならず、畏《おそ》るべき《盟約の大法《だいほう》》まで駆使してみせるとは……なるほど。思った以上に底が深い——」

「お、弟さんが勇者に勝ってる？　それに盟約の大法って!?」

「考えてみれば、たしかに、当地にはふたりも神殺しがいる……」

「!?」

聞き捨てならない教主のつぶやきの数々。

雪希乃は困惑しつつも、最後の言葉に愕然とした。

神殺しがふたりも？　一体どこに？　まさか——今も、物部雪希乃の動向を監視でもしているのか!?

救世の神刀を上段に振りあげ、雪希乃は駆け出した。

防御を捨て、一刀必殺の斬撃ですさまじすぎる大敵へ挑戦するために。我が身そのものを突進する電撃に変えて！

「こうなったら——いろいろ教えてもらうわよ、羅濠教主！」

（ち、ちょっと雪希乃、攻撃に回った方が強いからって、それはさすがに雑すぎます！　相手はうちのお師匠さまですよ！）

「なかなかに興味深い娘です。まあ、ただ」

ふたたび羅濠教主の全身から、黄金のオーラが吹き出てきた。

その光は『開いた手』の形となり、まっすぐ眼前の敵手を打つ『掌打《しょうだ》』となって、雪希乃に襲いかかる――。

「迂闊《うかつ》で粗忽《そこつ》であるのはまちがいない。……剣神の血を引く勇士よ。飛鳳十二神掌《ひほうじゅうにしんしょう》が一招《いっしょう》《鳳翼天象《ほうよくてんしょう》》を切り破れるか、試してみるとよいでしょう！」

教主の呼びかけも魔風となった。

光の掌打と無形の衝撃波に押し出される形で、救世の剣を持つ女子高校生は天高くへと跳ねあげられる。

神刀を振りおろしたものの、掌打も衝撃波も打ち消せなかった。

「きゃあああああああああっ!?」

(だから言わんこっちゃない！　このままじゃ海に落ちますよ雪希乃！　雪希乃！　って、ついに気絶しちゃいましたか!?)

高々と舞い上げられた女子高校生の体、優に一〇キロ以上飛んでいた。

ここ『海王の都』は、名前どおりに海が近い。

都から飛び出すほどに雪希乃の体は宙を舞い、青みの深いヒューペルボレアの海面にたたきつけられ、そのまま沈んでいく──。

(ううっ。さすがお師匠さま、きっちり殺しにかかっていますね!)

沈みゆく雪希乃のなかで、梨於奈の魂はうめいた。

なんと羅濠教主が放ったオーラの掌、いまだに健在で、気絶した雪希乃の体をがっちりとわしづかみにしていた。

たとえ意識があったとしても、身動き取れなかっただろう。

(術でレスキューしようにも、今のわたしじゃ通用しない……。こうなったら、水難除《よ》けの術をあるだけ使って、運を天に任せるしかありませんっ)

九死に一生を得るべく、梨於奈は悪あがきをはじめた。

(南無八幡大菩薩《なむはちまんだいぼさつ》、我らを日本《ひのもと》へ迎え入れんと思し召《おぼめ》せ! 南無清瀧権現《なむせいりゅうごんげん》──善女竜王の加護よ、あれかし! ええと、それからそれから……)

幕間2 ——interlude 2——

◆六波羅蓮《ろくはられん》と女神アフロディーテ、海に沈んだ少女たちを追う、が……

「海に落ちたわね……」

「落ちちゃったねえ……」

小女神ステラこと、愛の女神アフロディーテはあきれていた。一心同体のパートナーである六波羅蓮は困っていた。

陸鷹化《りくようか》の仕掛けた結界を出て、『海王の都』の大通りにいた。

海のすぐそばではない。しかし、蓮は鳥羽梨於奈《とばりおな》と権能《けんのう》《翼の盟約》の絆《きずな》で霊的につながっている。

ステラのみならず、梨於奈とも一心同体のパートナーなのである。

だから、物部雪希乃《もののべゆきの》といっしょに《八咫烏《やたがらす》》の生まれ変わりが海に沈んだことは、離れた場所にいても察知できていた。

パートナーの絆を介して、同じことをステラも察知したのだ。

「とりあえず、鳥娘の方は命長らえてるみたいよ」

「だね。とにかく港まで行こう。必要なら救助船をチャーターしないと」

ステラを左肩に乗せて、蓮は歩き出した。

低層の木造家屋、高楼や仏塔など、やけにアジアンな雰囲気の街並みが『海王の都』では見られる。

日本出身の六波羅蓮には、どこかなつかしい景色だった。

その市街を進みながら、肩の上のステラは言う。

「結局、単純な腕っぷしでは、魔女の羅濠《らごう》がいちばんでいいのよね？」

「そうだねえ。雪希乃と鷹くん、あと『屍者《ししゃ》の都』のドニさんは横一線、同じくらいのレベルだと思うよ。羅濠お姉さんだけ頭ひとつ抜けてる」

自分なりの戦力分析を蓮は語った。

「結構出遅れたところに僕とかヴォバンさんがいて、草薙《くさなぎ》さんあたりはそもそも格闘技も武道も『何それ、美味《うま》いの？』って感じで」

「あの地味男、ほんとにうわさを聞かないのが不気味だわ……」

「前から思ってたけど、ステラって草薙さんを地味とか地味すぎるとかけなす割に——意外と気にしているよね？」

蓮に問われて、ステラは不機嫌に答えた。

「ええ。あいつのこと、何でか『やばい』と感じるの。そりゃ神殺しなんて、全員が『やばい連中』だけど。妙にあいつだけ、女神の勘にびりびり来るのよね……。あまり放置しない方がいいんじゃないのかって。覚えときなさいよ、蓮」

「了解。なるべく気をつけるよ」

「あと、いやなのが『屍者の都』のへらへらした金髪男」

「ドニさんか。でも、あの人とはもう飲み友達だし、僕ら結構仲いいよ？」

左肩のパートナーへ、蓮はウインクした。

「ま、ときどき『本当の実力をそろそろ見せてよ～』ってからんでくるの、微妙にめんどうだけどさ」

「たぶん蓮の『目』のこと、うすうす勘づいてるんじゃないかしら」

ステラが眉をひそめていた。

「あいつ、見てないようで意外といろいろ見ていて、あれはあれで不気味なのよね……」

「お――人が大勢集まってる？　騒がしいけど、どうしたんだろう？」

海をめざして、結構な距離を歩いてきた。

港のあたりにやってきたところ、人だかりができていたのである。その中心に、見覚えのない地球出身者《アーシアン》がいた。

ある意味、運命的な出会いが待っているのだが——
六波羅蓮がそれを知るのは、もうすこし先の未来である。

第三章

玉依媛と剣の王、反運命の謎を追う

1

王道楽土、という言葉がある。

武威によってではなく、徳にあふれる王者の仁慈によって国はつつがなく治められ、人々も何不自由なく平和に暮らし、安楽を謳歌《おうか》する——

そういう土地を指して言う。

決して実現するはずのない理想郷。永遠の見果てぬ夢。

……だったのだが、ここヒューペルボレアの大地に、あっさりと厩戸皇子《うまやどのおうじ》は『王道楽土』を打ち立ててしまった。

それが『屍者《ししゃ》の都』。

玉依媛《たまよりひめ》・鳥羽芙実花《とばふみか》によって大量生産される『ゾンビくん』が肉体&単純労働の大半をにな

い、人間たちはその活力と意識を知的活動や文化事業、創造的行為、芸術などに、思うさま注ぎこむことができる。

厩戸皇子を『王』とする都の行政は、人々の暮らしに手厚い。

もちろん労働は奨励されるが、どんな住民にも〝最低限よりもやや余裕のある衣食住〟が保証され、一戸につき一体の『ゾンビくん』が貸与される。

ゾンビくん――。

青白い肌と無表情が特徴的な、動く屍者。

その体は腐敗もせず、汗もかかないのでいつでも清潔。

指示されたことを忠実に遂行するだけでなく、二一世紀地球の最先端ＡＩもおよばぬほどの賢さで自律《じりつ》行動もできる。

まさに『屍者の都』大発展の原動力。

市中を清掃してまわる『ゾンビくんお掃除隊』の活躍で大通りはおろか、小さな路地裏に至るまで、ゴミひとつなく清められている。酒を過ごした誰かが道端で吐こうものなら、どこからともなく屍者がやってきて、片づけてくれる。

そう。

屍者の都に汚れはない。

徹底的に清められ、静寂《せいじゃく》と秩序に満たされた、安全な聖域。

不健全なものを不自然なまでに排除した――人工・人造の王道楽土。

繁華街や盛り場もあるものの、現代のショッピングモールかと見まごうほどに清潔かつ上品な店ばかりである。

酔って暴れるような輩《やから》はいない。いたらゾンビくん警察隊に保護される。

女色《じょしょく》・男色《なんしょく》に関する商売もない。聖徳を重んじる都の『法』で禁じられている。

犯罪もすくなく、治安はきわめてよい。厩戸皇子の善政ゆえである。

……だから、かもしれない。

この土地に鳥羽芙実花がもたらした腐敗と情熱は、驚くほどの早さで人々の間に浸透し、口づてに広められ、それでいて誰もがおおっぴらには愉《たの》しまず、あくまでも『闇』の文化として定着していた。

はじめは女性層ばかりに受容されていたが、徐々に男性層も加わりつつある……。

そして、今宵《こよい》も貴腐人《きふじん》たちのサロンは盛りあがる。

巫女姫《みこひめ》として厩戸皇子に仕《つか》え、国政にも深く関わる鳥羽芙実花の私邸に、十数名の女性が集まっていた。

いずれも知的な面持ちと品位ある雰囲気の女人《にょにん》ばかりであるのだが。

「みなさま、今月の《うすい本》最新刊をご覧になりまして？」

「もちろんですわ！　まさか、サルバトーレ卿《きょう》と厩戸さまが喧嘩別れをされるなんて——きっと来月は『ようやく仲直りをしたおふたりが勢いあまって床入《とこい》りキャッ♪』な展開になること、まちがいなしですわよ！」

「まあ。それでは少々陳腐《ちんぷ》すぎますわ」

「そうですとも。最低三話くらいは喧嘩をひっぱって、その間におふたりとも浮気をされて、でも結局、おたがい運命の相手はひとりしかいないことに気づいて——！」

「そういえば、お聞きになりまして？　ふたりの黒王子さまのうわさ」

「それは一体どのような？」

「わたくし、知っておりますわ。『円卓の都』のエドワード卿なる騎士、あだなが黒王子でいらっしゃるとか」

「しかも、その呼び名に恥じないほどの美貌と気品をお持ちだそうですわよ！」

「そして『影追いの森』を治める王も黒王子、アレクサンドルさま……」

「あちらもお美しい殿方だそうですわ。しかも頭脳明晰《めいせき》な切れ者、そのうえ皮肉屋で、何事も斜にかまえて見るご気性だとか」

「んまあ！　厩戸さまとの相性、絶対に最高じゃないですか!?」

「いえ、むしろサルバトーレ卿と絡《から》ませるべきですわ！」

「ふふふ。これが芙実花さまのおっしゃる『かっぷりんぐ』の妙、というものでございますわね？　ねえ、芙実花さま――」

「はい。何だかんだでヒューペルボレアのＢＬ界隈《かいわい》も盛りあがってきて、もう『じゅるり大興奮』ですよおっ！」

歓喜の笑みを浮かべて、芙実花はぐっと拳をにぎりしめた。

すると、芙実花邸の広い応接間に集まった婦人たち十数名もそろって身を乗り出し、口々に興奮をあらわにする。

「じゅるり大興奮――なんて素敵なお言葉……」

「わたくしも使わせていただきますわ！」

「本当に芙実花さまはものしりでいらっしゃいます……。今後もご指導、ご鞭撻《べんたつ》のほど、よろしくお願いいたしますわ！」

「芙実花さま、わたくしの新作を是非ご覧くださいまし！」

「芙実花さま、わたくしは『ぷろっと』を考えて参りましたわ」

「芙実花さま、このようなネームはいかがでしょう？」

「この都はたいへんに暮らしやすくて、非の打ち所が一切ない、素敵な場所ですけど――ときどき居心地がよすぎて、なぜだか息が詰まりそうになります……」

「ええ、そうね。とても不思議なことだけど」

「わたくしもそう。でも芙実花さまに『びーえる』を教わって以来、毎日がとても充実していて、楽しくて――」

「全て芙実花さまのおかげですわ！　ありがとうございます！」

「そうそう。実は最近、うちの夫も『びーえる』に興味があるようで……」

「まあ、あなたのお宅も？　実は我が家でも……」

ヒューペルボレア出身の貴婦人ならぬ貴腐人連合。

そろって『芙実花さま、芙実花さま、芙実花さま、芙実花さま』と連呼し、際限なくもてはやしてくれる。

日本にいた頃は、地味な女子中学生であった鳥羽芙実花。

結構まんざらでもなく、『でへへー』と照れ笑いを浮かべながらも得意満面になり、口だけは一応謙遜《けんそん》していた。

「いやあ。あたしのしたことなんて、アイデアをしゃべっただけですよお。実際にマンガの描き方を覚えて、小説とかも書いて、作品にしてくれるのはみなさんなわけですし……。おまけに、印刷の道具まで発明してもらっちゃって」

地球《アーシアン》出身者が来るまで、ヒューペルボレアはひどく素朴な世界だった。

だが、もともと海底に没した先史文明も存在した関係か。

決して識字率は高くなかったものの、地球で言う『楔形文字《くさびがたもじ》』に似た象形文字《しょうけいもじ》が使われ、書物も作られていた。

しかし、書物はもちろん手書きであった。

紙も『パピルス』と類似の製法——水草の茎を平たくのばして、一枚の紙として接合させるというやり方で手作りされていた。当然、貴重品だ。

そこに一大革命をもたらしたのが、厩戸皇子その人だった。

書物好きな厩戸皇子が現代で学んだ『印刷』の概念。

効率よく叡智《えいち》を広めるにはもってこいだと皇子は訴え、国王肝《きも》いりの大事業として『活版印刷』の確立は進められた。

まず、木材《パルプ》を原料とする紙の生産方式が発明された。

さらにインクや手動印刷機まで登場。文字をならべた活版にインクを塗り、紙に押しつけて印刷——という作業が可能になった。

あとは、それらの大量生産と印刷業務をゾンビくん部隊が請け負う。

こうして実現した活版印刷。

厩戸皇子の王宮では、ヒューペルボレア人の神官や学者などの知識人層を重用していたため、彼らの間で読書の習慣は大はやりとなった。

また、子供から大人まで無償で通える学校も設立され、識字率は急上昇中でもある。

そして——

この成果を転用して、ＢＬ雑誌《うすい本》は毎月定期刊行されていた。

巫女姫・芙実花のサジェスチョンで、ヒューペルボレア生まれの絵師たちは『マンガ』の描き方を習得し、精力的に作品を生み出している。

彼らの原画は活版ではなく、木版印刷で大量に刷られる。

絵の印刷には木版の方が適しているのだ。作業は秘密の地下工房で行われる。

雑誌《うすい本》は街中の書店に出回ることはなく、貴腐人から貴腐人へと手渡しでのみ贈られる……。

現在、芙実花はたいへんに満足していた。

衣食住に加えて娯楽・文化の面でも文句なし。芙実花の『屍者の都』での暮らしは充実しまくっていた。

まさに我が世の春。望月のかけたることもなしと思へば。

しかし、ある日の午後だった。

「お呼びですか、太子《たいし》さま?」

「うむ。実はサルバトーレ卿のことですこしな」

王宮も兼ねる石造りの塔、その一階にある大広間。

厩戸皇子が国主として謁見《えつけん》や、外国からの要人を出迎える際に使う。その大広間に芙実花はやってきていた。

尚、皇子が腰を下ろす玉座《ぎよくざ》は何の装飾もない、簡素なもの。

これだけゆたかな都を治める身ながら、厩戸皇子はまったく物欲を見せず、常に『民と国』のことを第一に考え、決断している。

日本史上の偉人は、まさに聖王と呼ぶべき存在となっていた。

（実は——そのせいで心ある民ほど遠慮して、自分たちも道徳的であろうと心がけ、物欲や色欲を抑え込む傾向にあった。『屍者の都』に異常なほどの清潔感と、ある種の息苦しさが蔓延《まんえん》している原因である）

黄丹《おうに》色の袍《ほう》に同色の冠、白い細袴《ほそばかま》。

厩戸皇子は今日もおなじみ皇太子の装束《しょうぞく》だった。

対して芙実花は中学校の制服だ。ときには十二単《じゅうにひとえ》を真似た和装と天冠で〝正装〟する場合もあるが、今日は動きやすい格好を選んだ。

王宮からの急な呼び出しを不審に思ったからだ。

「ドニさんがまた何かやらかしたんですか？」

「今はまだしていない。だが最近、あからさまに退屈してきた顔つきだ。そろそろよからぬ企《たくら》み事のひとつやふたつ……」

「はじめちゃいそうな時期かもですねえ」

都の用心棒として、重宝している〝神殺し〟サルバトーレ・ドニ。

はじめ防衛大臣の役職を打診するも『めんどくさい』と即答され、無位無冠のまま、居候《いそうろう》として王宮に寝泊まりさせるようになった。

以後、一年近くが経《た》ち、実は今も居候のまま。

途中でサルバトーレ・ドニは幾度か旅立とうとするも、そのたび廐戸皇子が言葉巧《たく》みに心変わりさせてきた。

全ては神・神殺しクラスの外敵から『屍者の都』を守るため。

だが、ドニという男は両刃《もろは》の剣《つるぎ》でもあった。ときどき自《みずか》ら敵——それも洒落《しゃれ》にならない強敵を呼びこもうとする。

今までも『円卓の都』や羅濠《らごう》教主に挑戦状を送りつけ、宣戦布告しようとした。

それらの書状、ヒューペルボレアに郵便はないので、密使やゾンビくんが運んでいく。だから途中で廐戸皇子と芙実花が察知し、挑戦状を押収&にぎりつぶすことで事なきを得てきたのである。

「芙実花よ。卿の動向に気をつけてくれ。我もできるかぎりのことをする」

「まかせてくださいっ。実はちょっと当てがあるんです！」

国の行く末に責任を持つ巫女姫として、芙実花は請け合った。

……自分たち貴腐人連合は国のトップふたりをBLの素材に重宝している。芙実花は国主の側近なので、廐戸皇子ネタなら日常生活のなかでいくらでも拾えた。

しかし、サルバトーレ・ドニはちがう。

人なつっこく、陽気な性格の割に、意外なほど彼は群れない。

ひとりでふらふら出歩くことが断然多い。ふだん何をしているのか、なかなか周囲に把握させない。

だから——芙実花は巫女姫の権力を使い、草の者をつけていた。

サルバトーレ・ドニの日常をこっそり観察し、尾行させ、BLにふさわしいネタを報告させる密偵《みってい》であった。

そして、数日後。

驚くべき報告が芙実花のもとにもたらされた。

「ドニさんが——いかがわしいカルト集団の儀式に出入りしてるの!?」

そのカルトは《反運命教団》といった。

反運命の戦士クシャーナギ・ゴードー——おどろおどろしい名前の『神殺し』を崇拝する集団、らしい。

巫女姫である芙実花。一応、『屍者の都』宗教界のトップだとも言える。

だがヒューペルボレア古来の神々にも、新興カルト集団にも、特に思うところはない。そもそも、都の支配者・厩戸皇子は仏教に深く帰依《きえ》しているが、芙実花自身は日本の神道をベースとする《玉依媛》なのだ。

この都、はじまりの時点で宗教的に混沌《こんとん》としているのである。

ただ――《反運命教団》はひどく独特な儀式で、信徒の数をぐんぐん増やしていると聞いていた。

そこにサルバトーレ・ドニまで出入りしているとは。

（一体、どんな儀式をやってるんだろ？）

個人的に興味も出てきて、芙実花は「よし、こうなったら！」と決心した。この目で本当のところをたしかめてやろうと。

2

サルバトーレ・ドニは、たしかに気まぐれな男である。

そして同時に、ものぐさな男でもあった。

めんどうな世渡り、家事、人間関係などに、とにかく興味がない。そこに時間を割くくらいなら、ひとり気ままに街や荒野を徘徊《はいかい》する方がいい。

そう、ひとり。連れは要《い》らない。

ただ一振りの剣さえ手元にあれば、それで十分。

邪魔な連中が出てきたときは、四の五の抜きにして抜剣し、薙《な》ぎ払う。

ドニの興味をかき立てるほどに魅惑的な『敵』が現れたなら、孤剣《こけん》をもって挑戦し、生と死の狭間《はざま》ぎりぎりで勝敗を決する。

また、剣を手にしたときはもちろん、そうでないときでもドニは剣士である。

頭のどこかには、常に剣術がある。

ぼんやり歩いていても、食事中でも、うたた寝の間ですらも。

自《みずか》らの存在理由である剣技をいかに向上させるか――工夫の手立てがひらめいたら、即座に剣を振る。修練する。

だから、余暇《よか》は多い方がいい。ひとりでふらふらしている方がいい。

かつて欧州イタリアでカンピオーネとして君臨していた頃、ドニの身近にはたいてい腹心の配下たちがいた。

べつにいなくてもよかったが、なかなか便利なので重宝もしていた。

ドニが配下に求めるものはただひとつ。

自分に代わって、諸々《もろもろ》の雑事をこなすこと。

そうやって、サルバトーレ・ドニはただ剣だけ振っていればいいという状況をお膳立てしてくれれば、まったく十分であった。

だから基本、面倒事に巻きこまれたときはさっさと逃げる。

後始末はたいてい誰か――直属の配下や、どこかの魔術結社がやってくれた。

ヒューペルボレアで『屍者《ししゃ》の都』に居候《いそうろう》する理由も、実はそこにあった。

ここにいれば、ゾンビくんや厩戸皇子《うまやどのおうじ》がわずらわしいあれこれをいいように処理してくれるので、ドニは好きなことだけをやっていられる。

ゆたかな都だから、外から珍客も、敵も、次々とやってくる。

電車や飛行機はまだ発明されていないので、カンピオーネにふさわしい決闘相手を求めて飛びまわろうにも、移動の時間が耐えがたいほどにかかってしまう。そこがドニにはわずらわしいのである。

そういう次第なので、『屍者の都』に大きな不満はなかった。

しかし、やはり、どうしても——

ときどき退屈の虫が騒ぎ出す。神か、同族のカンピオーネ相手にじゃれ合いたいときがある。

そして近頃、ドニのなかでその虫がむずむずとうずいていた。

だから《反運命教団》のうわさを聞いて、「へえ〜」と興味をかき立てられた。

「ぼくの古くからのなじみの——誰かが絶対にからんでいそうな……」

「みんな、いっしょに祈って！　われら《反運命教団》にとっては父なる御方——反運命の戦士《クシャーナギ・ゴードー》に栄《は》えあれと！」

「クシャーナギ・ゴードーこそ自由の申し子！」

「忌《い》まわしい《運命》の支配を打ち破るもの、クシャーナギ・ゴードー！　今もあの御方は世界のどこかで戦ってるの！」

「わたしたちの祈りと愛は必ずあの方のもとにとどいて、力になるわ！」

「クシャーナギ・ゴードーを讃《たた》えよ！」

とある裕福な商家の敷地内に、こっそりと造られた地下劇場。

その小さなステージ上でミニライブが開催されていた。

三人の歌姫たちがバンドの生演奏に乗せて、『反運命の神殺し』への讃歌を何曲も熱唱したあとだった。

曲の合間の小休止も兼ねて、今は歌姫たちがMCをしている。

現代日本から来た地球出身者《アーシアン》であれば、地下アイドルが小さなハコで行うミニライブを思い出す光景だろう。

しかし、これは『屍者の都』の一角で催された〝宗教の祭儀〟であった。

信徒や入信希望者を三〇名ほど集め、祝福の曲と説法を聞かせる――。カルト《反運命教団》の集会なのだ。

（ふええ……こういうの、ひさしぶり）

芙実花《ふみか》は心のなかでこっそりと思う。

祭儀が、ではない。地下劇場でのミニライブが、だ。

前に同級生のお姉さんが加入していた地下アイドルグループのイベントを、大阪までのぞきに行ったとき以来である。

（まさか――儀式ってのがこんなノリだったなんて！）

芙実花はなかば感動していた。

理屈抜きで楽しい。まさに『音を楽しむ』イベントだ。

ヒューペルボレア土着の音楽を聞く機会、実はときどきあるのだが、今ひとつピンとこなかった。二一世紀日本人の感覚には、ノスタルジックな曲調はたしかに味があると感じられたものの、テンポも遅すぎるし、素朴すぎた。

（でも、この人たちの歌と曲は――そのままアニメの主題歌になりそう！）

ロックテイストで女性ヴォーカルが熱く歌いあげる。

かと思えば、ときにしっとりとバラードを歌い、ときにテンポよくコミカルな曲調で変化をつけてくる。

（歌も楽器もすごく上手《うま》くて――あたしもハマりそう……）

反運命の教えはどうでもよいが、とにかく楽曲が気に入った。

しかし――こんなところに、サルバトーレ・ドニは本当にいるのだろうか？　今のところライブ会場内では見かけていない。

……芙実花はわざわざ〝変装〟し、信徒のふりをして潜入中だった。

ふだんは便利なので、地球の格好ばかりなのである。だが今夜は、ヒューペルボレア人の少女が着るような衣服を身につけてきた。

白のワンピース。裾《すそ》や袖口《そでぐち》に金糸《きんし》で刺繍《ししゅう》を入れてある。

腰からエプロンのような赤い布を付けて、一見スカートをはいているかのようだ。

(ほんと、ドニさんはどこにいるんだろ?)

芙実花は首をかしげた。

草の者から報告を受けている。しばらく前に、ライブ会場の商家へドニが軽い足取りで入っていったと。だから、芙実花もあわてて追いかけてきた。

今夜のライブ、三〇名前後の集客。

だが、どこにも金髪のへらへらした青年は見当たらない――否。

「あ……あんなところに!」

思わず声が出た。

ふたたび歌姫たちの熱唱がはじまっている。

バックバンドはギター、ベース、ドラム、キーボードに似た楽器と奏者たちである。そのなかのギター担当が――

見覚えのあるイタリア人青年だった。

黒いTシャツにダメージジーンズ、金のネックレスというラフな格好。

手慣れた感じでピックを操り、ギターもどきをかき鳴らしているのは、たしかにサルバトーレ・ドニ！

「ド、ドニさん!?」

極秘の潜入捜査だったが、芙実花はつい叫んでしまった。

歌も演奏もとにかく大音量。まわりの聴衆も大喝采《だいかっさい》。当然、女子中学生のシャウトを気にする者は誰もまわりにいなかった――のだが。

どういう聴覚をしているのか、ステージ上のドニは軽く手を振った。

芙実花に向けてのあいさつ。こちらをはっきり見ているのでまちがいなかった。

「いやあ、今日の集会も盛りあがったねえ。乾杯！」

ミニライブにして秘教の催《もよお》しが終幕となったあと。

会場ではそのまま打ち上げがはじまった。出演者や裏方一同が集まり、酒杯を片手に、車座になっていた。

そして、乾杯の音頭《おんど》を取るのはなぜかサルバトーレ・ドニ。

隣にすわる芙実花を指さし、へらへらと言う。

「あ。こっちはぼくの妹のフミコ。みんな、仲よくしてあげて」

「に……兄さんはどうして、こんなところで楽器を弾《ひ》いてたんですか？」

ドニと話をすべく会場に残っていたら、打ち上げに参加する流れとなった。当のイタリア人青年が『これ、うちの妹』と言い出したからだ。

どうやらドニも何か目的があって、《反運命教団》に潜入していたらしい。

あのカンピオーネの奇人変人が。剣を振るう以外、あらゆる雑事をめんどくさがる究極のものぐさ青年が!

尚、芙実花を『フミコ』と紹介したのは、正体を隠すためではない。

初対面のとき以来、彼はずっと鳥羽《とば》芙実花の名前を正確に覚えていないのだ。いつもフミコと呼ばれる。

芙実花に問われて、ドニはへらっと笑った。

「この集まりに初めて参加したときさ。ギター担当の人が急病で倒れて、ライブできないって困ってたから。ぼくが弾こうかって名乗り出たんだ。以来、ずっと助っ人をやってて、今夜で五度目かな?」

「た、たしかに上手かったです……」

剣術以外に、こんな特技があったとは。

そういえば――ドニ青年の個人的な趣味をほとんど知らない。いつもヘラヘラしているくせに、彼は他人と関わりを持とうとしないからだ。

しかし今、ドニは気さくにバンド仲間と歌姫に話しかけている。

「それでさあ。みんなはその〝クシャーナギ・ゴードーの聖域〟ってところで音楽の勉強をしたんでしょう？　ぼく、行ったことないんだよねー。今度、聖地巡礼したいんで、誰か地図を描いてよ！　この都からだと、どうやって行くの？」

五回も演奏に参加し、しかも、ギターの腕前もなかなか。

教団の信徒たちはドニをすっかり『仲間』だと思い込んでいた。みんなでああだこうだと言いながら、葦《あし》の茎で作ったペンを代わる代わる手に取って、白紙にあれこれ書き込んでいってくれた――。

打ち上げもつつがなく終わり、ライブ会場をあとにして。

芙実花とドニは夜道をふたりで歩いていた。正確には、さっさと先を行くカンピオーネのうしろに、芙実花がついてまわっていた。

「い、意外でした。ドニさんがあんなふうに潜入捜査してたなんてっ」

「仕方ないよ。最愛の人と再会するためだからね」

芙実花の質問に、サルバトーレ・ドニは肩をすくめた。

「多少のめんどうだって、そりゃ仕方ないから、どうにかするよ。ま、もともと裏稼業の連中のところで用心棒とかもしてたし、こういう真似もできないわけじゃない」

「そ、そんな過去が！」

「カンピオーネになってからは、ずいぶん楽させてもらってるけど。ただ、ヒューペルボレアにはぼくの親友で執事で何でもやってくれるアンドレアもいないしね。そろそろ自分で動かなきゃなーとは思ってたんだ」

「しー―親友で執事で、何でもヤってくれる!?」

いきなりパワーワードが連続。芙実花は前のめりになった。

何でも。『ふふふ……これがお望みですか、ご主人さま。いいでしょう、今夜もたっぷり可愛がってあげますよ。まったくあなたときたら、本当に世話の焼ける人ですね。おっと、そんな盛《さか》った顔はベッドの中だけにしてください――』。

妄想が脳内にうずまいている。じゅるり大興奮……いやいや。

気を取りなおして、芙実花は訊《たず》ねた。

「ところで最愛の人というのは、どういう意味でしょう?」

「言葉どおりだよ。クシャーナギ・ゴードーは……たぶん、ぼくの最愛の人だ。彼もカンピオーネでね。何度も命がけで決闘して、ときには肩をならべて共闘もして、固い友情の絆《きずな》で結ばれていた親友でありライバル……」

「最愛の人が――彼!?」

「そうだよ。何か問題でも?」

「まったくございません！　そうですか、そうでしたか！」

脳内物質による快楽で今、芙実花は悶絶しそうになっていた。

なんたることか。これまでサルバトーレ・ドニの容姿と性格のみに注目していたが、こうまで腐女子《ふじょし》マインドをくすぐるエピソードの持ち主だったとは！

もっともっと根掘り葉掘り取材しなくては！

「クシャーナギ・ゴードーという人は、一体どんな方なんですか――!?」

「んー。話すのめんどうだし、その辺はぼくが帰ってきたあとで、気が向いたらねー」

ドニはさらりと言った。

「さっき聞いた《反運命教団》の聖地に、ちょっと行ってくるよ♪　たぶんゴドーの行方を追う手がかりがあると思うから」

ゴードーではなく、なぜゴドー？

そこを疑問に思いながら、芙実花は反射的に叫んでいた。

「だったら、あたしもついていきます！　クシャーナギ・ゴードーの秘密をいっしょに解きあかしましょう！」

一年以上も前、芙実花はさんざん厩戸皇子とヒューペルボレアを旅していた。

あの頃の旅路はひどくきつかった。もう二度とごめんだと考えていたのに――今、腐女子の魂に火が付いて。

新たな旅立ちを即座に決意していた。

3

ほとんど勢いでドニとの出立を決めた芙実花《ふみか》だが。

じっくり考えてみても、『これしかない！』という選択ではあった。

まず彼が旅立つと決めた以上、もう妨害は無理。魔剣使いのカンピオーネを力ずくで閉じ込めるなど、できるはずがない。

必ず帰ってきてと懇願《こんがん》するのも、あまり意味がない。

相手はサルバトーレ・ドニ。どんな約束を交わそうとも、彼が守る保証はない。まったく人間性が信用できないうえに、

『ごめんごめん♪　すっかり忘れてたよ～』

この一言ですっぽかす可能性も、大だと思われた。

誰かがドニについていくしかなかったのだ。それも、気まぐれすぎる彼の行動を懸命にコントロールしつつ、何かトラブルに遭《あ》っても自力で切り抜けられる人材が——。

出発前、厩戸皇子《うまやどのおうじ》のもとへ報告しに行った。

子細《しさい》を聞いた美貌の貴人は、あっさりと芙実花に言った。

「ま、我が同行できればよいのだが、王の責務もある。やはり芙実花がついていくのが次善の

策であろう。励めよ」

「が、がんばります！」

「芙実花もヒューペルボレアに来て以来、ずいぶんと成長した。今ならサルバトーレ卿《きょう》に振りまわされるだけにはなるまい」

「だといいんですけどお……」

ぼやく芙実花を横目に、厩戸皇子は嘆息《たんそく》した。

「あの御仁《ごじん》の世話役、おそらく今まで何人もいたのであろうな……。一度旅立ったら最後、どこへ行くかもわからない神殺しどのを監視し、できるかぎり首に縄をつけておくという難儀を押しつけられた者たちが……」

そして今回、鳥羽《とば》芙実花がそのお目付役たちの列に加わったわけだ。

ミニライブ翌日の朝、出発直前に芙実花はふと気づいた。

「ひさしぶりの旅だけど、歩いていくのはやっぱりヤだな……」

厩戸皇子とのふたり旅では、それでずいぶんと苦労した。

疲れる、足腰が痛くなる、マメもできる等、徒歩移動に慣れてないうえに運動不足だった芙実花にはきつい旅路だったのだ。

だが、今の芙実花には解決策がある。

「幽世《かくりよ》の大神、憐《あわ》れみ給《たま》い恵み給え。幸魂奇魂《さきみたまくしみたま》、守り給い幸《さきわ》い給え――」

ぱっとヒューペルボレアの大地に両手をかざす。

左右の手に宿った《死の宝珠》によって、ゾンビくん創造の術を使う。生ける亡者を『土』より生み出すという芙実花の十八番《おはこ》であった。

この場合、ただ屍者《ししゃ》を生むだけでは意味がない。

大地から湧き出てきた〝それ〟を見て、いっしょにいたドニは「へえ」と感心した。

「馬のゾンビも創れたんだ！」

「初挑戦ですけど、上手《うま》くいきました……」

生まれ出た屍者は『蒼白《あおじろ》い毛並みの馬』であった。

その両目に精気はなく、剝製《はくせい》にした死体のように無表情。馬体は大きく、現代地球のサラブレッドさながらにすらりとしている。

思いつきで創った『馬ゾンビくん』、かなりの優れものであった。

生きた馬とちがい、疲れない。食べないから飼い葉も要《い》らない。とにかく従順で、乗馬未経験の芙実花をおとなしく乗せてくれる――。

「ようし、冒険の旅ってやつに出発だ！」

「は、はいいっ」

ドニと芙実花、それぞれ専用の馬ゾンビくんにまたがる。

荷運び役の馬ゾンビくんも一体したがえ、ぱかぱかという馬蹄《ばてい》のリズムに乗って、新たなふたり旅がはじまった。

紺碧《こんぺき》の海が果てしなく広がり、あちこちに大小の島々が散る多島海の世界。

それが英雄界ヒューペルボレアである。

そして、自然の恵みがゆたかな島ばかり。〝大洪水による文明崩壊後の新生した世界〟という成り立ちを考えれば、それも当然なのだろう。

ヒューペルボレアでは、ほとんどの島で牧畜がさかんだった。

牧畜に欠かせない草地はそこらじゅうにあり、水場にもあまり困らない。

……芙実花たちの暮らす鉤爪《かぎづめ》諸島も例外ではない。

だから都の外へ出ると、地平線の果てまでひたすら草原がつづくという景色のなかを旅することになる。

たどるべき道はない。

遠くや近くに見える山々の連なり、小高い丘や雑木林などを目印に、自分たちの進むべき方角を見きわめないといけない。

まあ、ドニと芙実花には一応『地図』があった。

「ぼくらは『屍者の都』から北北西に進まないといけないみたいだねえ……あまりくわしくない地図を頼りに旅するのって、だいぶめんどうだな……」

「しっかりしてくださいドニさんっ。最愛の人に会うためですよおっ！」

道中、サルバトーレ・ドニはときどき『地図』と地球から持参した方位磁石をチェックして、進むべき方角を模索する。

ヒューペルボレアはまたの名を『北風の彼方《かなた》の国』。

東西南北の概念《がいねん》があるだけあって、地球産の方位磁石もしっかり機能していた。

ただし――肝心の案内人が当てにならない。しまいには地図を見ようともしなくなったドニへ、芙実花は言った。

「その地図、ちょっといいですか――どれどれ、うわあ……」

手渡された品物を眺めて、芙実花は眉をひそめた。お世辞にも出来がいいとは言えない略図だったのだ。

まず『屍者の都』を示す黒丸がひとつ。

その左上の方に『山』を意味する三角印が五つほど。あとは『川』を示す波線や、峡谷を示すギザギザの線など……。

地図をあきらめて、芙実花は言った。

「そういえば教団の人たち、これを描きながら言ってたじゃないですか。『とにかく、いちばん高い山のふもとをめざして進め』って。ふもとのどこかにクシャーナギ・ゴードーを祀《まつ》った《反運命教団》の聖地があるって」

とりあえず北西方向に目を向ければ、山々の峰が見える。

見晴らしのいい草原地帯なので、距離がどの程度あるかは町育ちの芙実花たちにはどうにもわかりづらかったが――

ともかく、そちらをめざしてのふたり旅であった。

幸いにも、馬ゾンビくんはいくら全力疾走させても疲れない。

しかし限界が来ると唐突に足が折れ、活動不能になってしまうので、そこそこのスピードの速歩《はやあし》で進ませることにした。

それでも、体を鍛えていない芙実花には結構きつい。

鞍《くら》の上の揺れと震動で気持ち悪くなり、腰もずいぶんと痛くなった（馬術の心得もあるうえに異様に頑丈なドニはけろりとしていたが）。

陽《ひ》が沈み出したら、その日はもう野営の準備。

ここでも、芙実花は土より人型ゾンビくんを何体か創り出す。

テントの設営、火起こし、食材の調達、料理、狼など危険な猛獣にそなえての見張り等、やってもらうことはたくさんあった。

朝が来たら人型ゾンビくんは土にもどして、再出発――。

「あたしにゾンビ創りの力を授けてくれた宝珠と、母なる大地さん、ありがとう！」

都にいるときほどではないが、そこそこ快適な夜のキャンプ。

自らの能力とヒューペルボレアの大地に、芙実花はあらためて感謝した。

……そんなこんなで旅すること数日。

馬ゾンビくんに揺られて、ついにふたりは山々の連なりがかなり間近に見える一帯にまで到達したのだが。

ドニはヘラヘラと笑って、ひとりごちた。

「やっぱり広い山のどこかにある村を、目印もなしに探すのって無理だねえ！」

「今さらすぎますよ、その判断！　せっかくここまで来たんだから、もうちょっとがんばって探してみましょう！」

「でも、もう飽きちゃってて」

芙実花に発破をかけられても、ドニは軽薄に言った。

「それに考えてみたら、護堂《ごどう》のやつとアニソンみたいな曲ばかり歌う集団なんて、いまいち結びつかない気もしてきたし。もう帰ってもいいのかなー、なんて……」

そこまで言って、ドニは急に黙り込んだ。

へらへら締まりのない表情が一転して、鋭い顔つきになる。

両目を閉じて、精神集中――。珍しく真剣なドニの顔。

芙実花は反射的に『この顔、使える！　どんなシーンがいいだろ!?』と腐女子《ふじょし》&ＢＬマンガのクリエイター目線で考えつつも、

「あの、ドニさん？」

と、声をかけた。

「黙っててくれフミコくん。聞こえなくなる、、、、」

耳を澄ませているらしいサルバトーレ・ドニ。

芙実花は思い出した。あのミニライブ中、大喧噪《だいけんそう》のなかでも芙実花の声に気づくほど、彼は聴覚が鋭いのだと。

カンピオーネだからこその異能なのか、もっとべつの能力なのか——。

ともあれ、金髪のイタリア人青年はいきなり笑顔になった。

「あはは。ずいぶんとぼく好みの展開に……なってきそうだぞ！」

「ええっ!?」

「前言撤回。この祭りに乗りおくれたら、三カ月は後悔しそうだよ！」

ドニに脇腹を蹴られて、彼の馬ゾンビくんが軽快に走り出す。

そういえば、すこし前から心地よい風が吹いてきていた。この風に乗ってきた音を聞きつけたのだ。

「い……急いで追いかけて！　ドニさんについていってね！」

芙実花もあわてて、自分の馬ゾンビくんに呼びかけた。

小高い丘陵《きゅうりょう》がいくつも集まった一角だった。

いかにも見晴らしがよさそうなところで、そこに胡乱《うろん》な集団がたむろしていた。五、六〇人ほどの男たちだった。

みんな、あたたかそうな毛皮の上着を羽織っていた。

帽子まで毛皮で縁取《ふちど》られている。制服のようにそろいの格好ではないものの、ほぼ同じ様式の衣服を全員が身につけていた。よほど寒い地域、たとえば標高の高い山上などで暮らす人々なのかもしれない。

毛皮の男たちは――ひとりの例外もなく馬に騎乗し、弓と剣で武装していた。

皆、顔つきが険しい。穏健な生き方とは縁遠い人間特有の荒々しさと殺気が風貌によくにじみ出ている。

……岩陰に隠れて、騎馬の集団をこそこそ見ていた芙実花。

話し声が聞こえると、ここまで案内してきた連れにひそひそ声をかけた。

（な、なんだか『円卓の都』の人たちみたいですね……）

（あそこの騎士たちじゃないな。たぶん、べつのところから来た連中）

サルバトーレ・ドニは言下に否定した。が、芙実花は食いさがる。

（どうしてわかるんですか!?）

（あいつらの足下。ほら、〝鐙《あぶみ》〟を使ってないだろ。『円卓の都』じゃ剣とか甲冑《かっちゅう》以外に金属

製の鐙も造ってる）

ドニに言われて、芙実花は気づいた。

あやしげな武装集団の男たち、馬の背に革製の鞍は載《の》せているものの、両足はぶらりとさせている。何も踏んでいない。

……今、芙実花とドニは徒歩で岩陰に隠れている。

だが馬上では、鞍から垂らした革ひもに青銅製の鐙を付けていた。左右の足を乗せるための鐙は乗馬に欠かせない道具なのだ。これがないと安定せず、馬を乗りこなす難易度が跳ねあがる。特に武器を使うなら、足のふんばりが利《き》かなくなる——。

ドニがひっそりと言った。

（赤ん坊の頃から、歩くよりも先に馬に乗ることを覚えたような連中なんだと思うよ。知ってるかい、ギリシア神話の女戦士、アマゾン族もそうさ。裸馬にまたがって、馬上から弓矢を射かける騎馬の民《たみ》……）

うそ、と芙実花は絶句した。

なんてこと、解説するドニさんがすごく賢そう！

と、失礼きわまりない感想まで脳裏を駆け抜ける。が、これは危険の兆候であった。厩戸皇子がいつか言っていた。

『サルバトーレ卿。あの御仁は……あれでなかなかどうして常在戦場の英傑《えいけつ》なのだ。命にかかわる荒事に直面したら、即座に戦士の顔となる――』

つまり、今がそうなのだ！

芙実花はあわてながらも小声で言った。

（あのおじさんたち、ひそひそ相談してますよっ。何を話してるんでしょう!?）

（んー、襲撃計画だね）

耳に手を当て、聞き耳を立てつつドニが即答する。

（ぼくらの位置からだと見えないけど、あいつらは丘の上から攻撃目標の『村』を監視中のようなんだ。夜になったら突入だぜ、みたいな話をしてる）

（攻撃目標の――村ですか!?）

（たぶん、ぼくらが探してた《反運命教団》の聖地だ。なんかアニソンみたいな歌と曲もあっちから聞こえてくる）

（あ、あたしにはさっぱり聞こえません。ほ……本当、ですか？）

疑っていたわけではない。しかし、芙実花は質問した。

戦闘、襲撃、殺戮《さつりく》という惨事が目の前で起きそうな現実から、目を背《そむ》けたかったのだ。するとドニは――

いつもの彼とは程遠い、確信に満ちた静かさで言った。

（これでもいろいろ修行してるんでね。信じてくれてかまわないよ）

（耳がよくなる修行、とか……？）

（いいや。剣を取っての決闘の最中にね。耳を澄ますんだよ。相手の——息づかいとか、筋肉や腱《けん》の動く音、心臓の鼓動、血が全身を駆けめぐる音……そういうのが聞こえてくるまでひたすらに）

そんな修練をしようという思いつき、どこから湧いて出たのか。

にやっと微笑するドニの目には、静かな狂気めいた光が宿っていた。

（その辺が聞き取れてくると、自然と次に相手がどう動くとかもわかるようになる。結構、役に立つよ）

読める、ではなく、『わかる』とドニは言った。

決闘だの荒事だのは芙実花の専門外。しかし、目の前にいる男はある種の天才で、だからこそ、その言葉を選んだことは理解できた。

……芙実花が唖然としていたら、ドニは岩陰から離れていった。

（ど、どこへ行くんですかっ？）

（馬のおじさんたちに襲われそうな村。クシャーナギ・ゴードーの聖地。……いやあ、またギター弾《ひ》いて、信者のふりするのめんどくさいなーって思ってたから、渡りに船だ！　ここからはぼくの好きなやり方で事を進められるよ！）

誰よりも火遊びの好きな怪物が、マッチ棒片手に火薬庫で踊り出す——。

そんな情景を、芙実花は思い浮かべた。

4

その村はたしかに、山のふもとにあった。

七合目から頂上までが雪で白く染まった山嶺《さんれい》に抱かれて、作物の実った畑と小さな家々が村内に点々と散っている。

鍛冶場《かじば》らしい、煙突から煙をもくもく出している小屋もあった。

金属で金属を打つ甲高《かんだか》い音、金属で木材を打つような音なども聞こえてくる。出所をのぞけば、さまざまな楽器を製作中だった。

「ふえぇ。《反運命バンド》の人たちが使ってたやつだ」

芙実花《ふみか》はひとりごちた。

教団より、この呼び方の方がむしろしっくりくる。というのも。

「ほら。言ったとおりだろ?」

「本当です。アニソンみたいな歌と曲ばっかり……」

サルバトーレ・ドニに言われて、芙実花はうなずいた。

村のいたるところに音楽があふれている。楽器を持ちよった住民たちが四、五人ほど集まって、小さな演奏会をあちこちで開催していた。

いわば路上ライブ。使用楽器も持ち運びしやすいものが多い。

エレキギター、アコースティックギター、ベース、ハーモニカ、などに酷似した〝もどき楽器〟たち。クラリネットを思わせる縦笛もあった。さらには竪琴《たてごと》や胡琴《こきん》のようなものも使われていた。

そこに女性ヴォーカルが加わって、歌い出す。

アップテンポな楽しい曲、バラード、激しいロック調。練習も兼ねているのだろう。あちこちから多種多様な歌が聞こえてくる。ただしヴォーカルは声の高い女性ばかりで、そういうところはたしかに〝アニソンっぽい〟。

そして、芙実花をここまで誘《いざな》ったドニは――

「おっ。いいものがある」

とある楽器工房の前、木の作業台に置かれた品を手に取った。

なんと金管のラッパである。これも地球出身者《アーシアン》の入れ知恵で製作されたのだろう。トランペットによく似ていた。

マウスピースの部分にドニは口をつけ、思い切り吹き鳴らす――。

パパパパパパパパパパパパ～～～～～～～～～ッ！

すさまじい大音量であった。

村中で行われていた歌唱と演奏を全て圧倒し、かき消してしまうほどに。村人たちも結構な大音量をかき鳴らしていたというのに。

金管楽器の音量を決めるのは、奏者の肺活量――。

それだけドニの心肺能力が傑出《けっしゅつ》していたのだ。熟練の歌姫たち、常人など及びもつかないほどの声量を誇るヴォーカリストの誰よりも。

ラッパの音を聞きつけて、何だ何だとアーティストや職人たちがやってくる。

芙実花たちの前に、数十名ほどの人だかりができたところで、ドニはへらへら笑いながら呼びかけた。

「はじめまして。君たちは《反運命教団》の人たちだろう?」

「え、ええ。あなたは外から来た人ね……」

とまどいがちに、歌姫のひとりが認めた。

外部からの客など、滅多《めった》に来ないのだろう。ドニはさらに言う。

「単刀直入に言うよ。ぼくはクシャーナギ・ゴードーについて知りたいんだ。君たちの崇《あが》める戦士さま。どんなやつだったとか、今どこにいるとか」

「そ、それを話すのは教団の掟《おきて》で禁じられているの」

さっきの歌姫が拒絶する。しかし、ドニは笑顔になった。

「みたいだねえ。だから提案。君たちの村、もうすぐ敵に襲われちゃうんだ。もし生きのびたかったら、ぼくの知りたいことを教えてくれればいいよ。この剣で、すぐにそいつらを片づけてあげるから！」

ドニの荷物は、地球からかついできたバックパックに詰まっている。

ただし、ふつうのバックパッカーとちがい、この背負い袋には鞘《さや》入りの剣がくくりつけてあった。その鞘をドニは叩いた。

……ここから、阿鼻叫喚《あびきょうかん》の喧噪がはじまった。

ドニの話を鼻で笑う者。おびえる者。村の外へ偵察《ていさつ》しに行く者。

いろいろな反応があるなか、外へ出た者たちが帰ってくる。ただし全員ではなく、生きのこった者も多くが血まみれで。

騎馬の集団と出くわして、問答無用で斬りかかられたのだ。

傷ついた村人を見て、ドニはのほほんと言った。

「外の連中、ずいぶん乱暴だな。《反運命教団》に恨みでもあるのかな？」

「そんなことより、村の人たちといっしょに、早く避難しましょうよ！　このままじゃ戦いに巻きこまれちゃいますよ!?」

芙実花は必死に訴えた。しかしドニはきょとんとする。

「それが狙いなのに、何で逃げるのさ？　あと、もう遅いと思うよ。外の方から、たくさんの馬が爆走してくる音が聞こえる。襲撃隊の連中、『気づかれたなら、とっとと片づけようモード』になったみたい」

「ひ、他人事《ひとごと》みたいに言わないでくださいっ！」

「他人事なもんか。ほら、火矢が飛んできた。この辺もすぐに戦場になるねえ」

「きゃあああ〜〜〜〜〜っ！」

目と鼻の先に矢が飛んできて、地面に突き刺さった。

鏃《やじり》のすぐ真下に、何重にも巻いてあるのは油を染《し》みこませた紙。もちろん着火済み。勢いよく燃えている！

この火矢が当たったのだろう。村内のあちこちで火事が起きていた。

さらに、抜刀した騎馬の兵たちが突入してきた。

すこし前、芙実花が村の外で見た男たち。彼らは巧《たく》みな馬術で駆けまわり、《反運命教団》の信徒を見つけるや馬上から斬りかかる。

どこかで白刃《はくじん》が走るたび、血煙が舞っていた。

村人のなかには楽器を放り出して、剣や槍《やり》で立ち向かう者もいるにはいた。

だが、敵は疾走する悍馬《かんば》に騎乗しており、勇気ある抵抗者がいても、その馬蹄《ばてい》にかけて、踏み殺していく——。

凄惨《せいさん》な光景を前にして、芙実花の怒りに火がついた。

「もう怒った！　ドニさんなんか当てにならないし……ゾンビくん！」

左右の手のひらを大地にかざす。

そこに宿るは《死の宝珠》。その秘力で創りし屍者《ししゃ》が地中より湧き出てきた。総勢三〇体はいて、全裸の腰に革のベルトを巻き、鋭い長剣を持っている。

――剣の屍者たちであった。

芙実花が創ったゾンビくんのなかでも身体能力にすぐれた者を選抜し、誰あろうサルバトーレ・ドニに剣技の稽古《けいこ》をつけてもらった。

その精鋭部隊を、芙実花はいったん大地にもどしておいたのだ。

いざとなれば、即時に召喚できるように――。

「馬に乗ったやつらをやっつけて！」

芙実花の指令に応《こた》えて、剣の屍者たちが一斉に駆け出す。

ゾンビでありながらもきわめて敏捷《びんしょう》。荒々しい悍馬にも一切おびえずに突撃し、右肩に剣をかつぐような構えから、激烈な斬撃を振りおろしていく！

剣の屍者部隊は、まず敵兵の馬を切り殺す。

次いで地面に投げ出された騎手たちを、躊躇《ちゅうちょ》なく斬殺していく。

さすが屍者という機械的な戦いぶり。己《おのれ》の意志で命を奪う重圧に、芙実花は胃のあたりが重くなるのを感じた。

しかし、理不尽な殺戮者への怒りでそれを堪《こら》えていたとき——

「え、えええっ!? どういうこと!?」

「へえ——そう来たか」

芙実花は驚愕し、ドニはささやいた。

屍者に切り殺された騎馬の兵たちがむくりと、立ちあがったのである。しかも——異形《いぎょう》の姿に変貌しながら。

むき出しの素肌は灰色の毛むくじゃらに。

両手の爪は鋭くのびていく。皆、ひとまわり以上も大柄になる。

だが、最も変化した部分は〝顔〟。鼻と口がのびて、犬歯も生えてきて、耳はぴんと突き立った三角形に。

それは明らかにイヌ科の——狼の顔であった。

一度は死んだ騎馬部隊の男たち、人狼《じんろう》となって甦《よみがえ》った!

「狼男のゾンビってこと!?」

「ちがうねえ。死ぬ寸前で人狼化して、魔獣の生命力でどうにか持ち堪《こた》えたんだ。おっ、狼くんたちの傷口、もう回復がはじまってる」

のけぞる芙実花に、ドニがのんきな口ぶりで教える。

ならばと——人狼のひとりに、剣の屍者が斬りかかった。その刃《やいば》は獣のすばやさで避けられた、だけではない。

剣をかいくぐった人狼は、屍者の蒼白《あおじろ》い喉笛《のどぶえ》に喰らいついて、嚙みちぎる！

戦う機械とも言えるゾンビたちは感情もなく、淡々と甦った人狼に剣を振るい、切り傷を負わせていく。逆に爪と牙で反撃されて、傷ついていく。

屍者と人狼、ほぼ同等の戦闘能力というところ。

冷血なるゾンビ戦士に対して、狼どもは野性と獰猛《どうもう》さを遺憾《いかん》なく発露させ、口々に『ガァァアアアアッ』と咆哮《ほうこう》している。

そして——ついにサルバトーレ・ドニがゆっくり動き出した。

「なるほどね。考えてみればクシャーナギ・ゴードーと《反運命教団》なんてネタ、真っ先に反応しそうなのはあの人だもんねえ」

つぶやきながら、一振りの長剣を拾いあげる。

騎馬部隊の兵が振るっていたもの。天高くに放りあげられた剣はなんと爆発し、無数の破片となって——飛散した。

しかも、戦場のそこかしこで暴れる人狼どもに突き刺さっていく。

破片に体のどこかを抉《えぐ》られた人狼は、すぐさま『一刀両断』の状態となった。

腰のラインで上半身と下半身がふたつに分かれる。頭頂から股間にかけて、縦にまっぷたつとなる。袈裟懸《けさが》けに切られた丸太のごとく、ななめに両断される。等々。

さまざまな形の一刀両断――。

それを生み出したドニの右腕は、いつのまにか白銀に輝いていた。

権能《けんのう》《斬り裂く銀の腕》。手にした物体を常勝不敗の魔剣に変えてしまうサルバトーレ・ドニの代名詞とも言える力。

ただし、ひとりだけ人狼の生き残りがいた。

ドニに静かに見つめられて、すっかりおびえる犬のようにびくびくしている人狼が。情報を聞き出すべく、あえて一体だけ見逃したのだろう。

「その姿でもしゃべれるなら教えてよ。君らのボスってデヤンスタール・ヴォバン、侯爵《こうしゃく》ってあだ名の陰気なじいさまなんでしょう?」

ドニが質問した瞬間だった。

せっかく生きのこった人狼の首が――ごきりと折れた。

代わりに若々しく、張りのある青年の声がどこからか響いてくる。

「私もすぐに気づくべきだったな。『屍者の都』とやらに、剣術を仕込まれた死体があると聞いたとき……そうもバカバカしいことを考える男は、貴様以外にいないと。なあ、サルバトーレ・ドニよ」

5

声の主は――血まみれの黒馬だった。

騎馬部隊の一員。さっき剣の屍者《ししゃ》に切り倒された馬たちの一頭。しかし今、体格はそのままに〝変身〟しつつあった。

黒馬から、馬並みの巨体を誇る黒き狼へ。

草食の獣からイヌ科に変貌した怪物は、ふたたび青年の声を口から発した。

「なつかしい顔との再会だ。べつに会いたくもなかったが」

「あいかわらずつれないなあ」

冷ややかな狼に対して、ドニは春風駘蕩《しゅんぷうたいとう》たる物腰だった。

「ぼくは昔なじみの人たちと再会したくて、たまらなかったよ。羅濠《らごう》教主とはたまに顔を合わせていたけど。彼女はほら、格好とか体裁《ていさい》にこだわる方だろう？　決闘に誘っても、なかなか受けてくれなくって、歯がゆかったんだ。だから」

にかっとお茶目にドニは笑った。

「血の気の多い同族とようやく出会えて、大満足」

「ふん。私を相手にじゃれつくつもりか。そちらもあいかわらずのようだな」

やりとりを聞きながら、芙実花《ふみか》は身震いしていた。

同族。得体《えたい》の知れない〝狼使い〟もまたカンピオーネ、神殺しのひとり！　姉の婚約者、師でもある魔教教主、自由人すぎる剣の王に次いで、鳥羽《とば》芙実花はまたしても最凶魔王の一族と遭遇してしまった！

なんという奇縁。日本の奈良県でのんびり暮らしていた頃がなつかしい。

中学生女子の感慨《かんがい》をよそに、男ふたりは会話をつづける。

「ところでじいさま、ずいぶんと声が若くない？」

ドニはのんきに訊《たず》ねた。

「さっき一瞬、別人かと思ったよ」

「ふん。わざわざ語るほどのことではない。いずれ貴様と直《じか》に対面することがあれば、おのずとわかるだろう」

「あ。何だ、ここには手下を送りこんだだけなんだ」

「当たり前だ。クシャーナギ・ゴードーに《反運命教団》……たしかに、我が旧知の者たちを連想させる話だが、まったく裏付けがない。わざわざ乗りこむ気にもなれぬ」

黒き狼は失笑と共に語った。

「幸いにも、今の私は——世に言うフォービドゥン・レルムズのひとつ『群狼の天幕』をひきいる身なのでね。兵には困らない。適当な連中に声をかけ、あやしげな教団とやらの聖地を襲い、何が出てくるかをたしかめればいい……」

　思いがけない名前に、芙実花はおののいた。

　鉤爪《かぎづめ》諸島に地球出身者《アーシアン》が打ち立てた八つの王国《レルムズ》。『群狼の天幕』もそのひとつ！

　彼らは一箇所に定住しない。精強な騎兵でもある遊牧民。

　そして『群狼』の名には理由がある。彼らの軍団には恐ろしい騎馬隊だけでなく、魔狼の群れまで加わるのだという。

　馬と狼の快足で各地を転々としつつ、気の向くままに襲撃と侵略を繰りかえす――。

　芙実花は国政にかかわる巫女姫《みこひめ》。だから当然、知っていた。

　一方、ドニは平然としたまま、

「ふうん。でも、じいさま。『あまり本気じゃない』アピールをする割に……襲撃隊にはしっかり〝狼のしるし〟をあたえてたよねえ」

　狼と化す前は黒馬だった魔物を、ドニは指さした。

「自分の目でたしかめる気、まんまんじゃない。だから再会できたし」

「ふ――っ」

「クシャーナギ・ゴードーの元ネタが《草薙護堂《くさなぎごどう》》か、どうか……。じいさまはあの『魔王内戦』で護堂にやられたから知らないかもだけど――あのあと、護堂は魔王殲滅《せんめつ》の勇者と運命神にきっちり勝って、最後の勝者になったんだ」

「……らしいな」

黒き狼の〝中の人〟はおそらく、平静を装おうとしている。

しかし傍観者ながら芙実花は悟った。今、《ヴォバン侯爵《こうしやく》》が名前らしい人物は、闘志の焔《ほのお》を静かに燃えあがらせている！

声の力強さから、戦う意志が伝わってくるのだ。

彼が仮想敵と考える相手。今、名前が出た『くさなぎごどう』。あれ、クシャーナギ・ゴードーはと、芙実花の脳内で『?』マークが点灯した。

その困惑も知らず、黒狼はうなるように言う。

「我が前世の仇、草薙護堂の消息を追えるのならば最良。それが無理でも、異様な早さで信徒を増やした――戯《たわ》けた教団とやらの『裏』を確認できればよし。そういうつもりであったのだが……なんと貴様が登場するとはな！」

「そりゃあ、ぼくにとっても護堂は最愛の人だし」

ドニはお茶目にウインクした。

「教団のいきなりすぎる誕生と人気上昇も、ぼくらにはなつかしい《例のあの人》のやり口みたいで、気になったしね！」

「おたがい、同じ目的だったというわけか」

黒き狼は《侯爵》の声で言った。

「よいだろう。ならばゲームの勝敗で決めればいい。私と貴様のどちらが──教団とやらの情報を得るか！」

「はははは、じいさまはやっぱり話が早くていいや！」

ドニが大笑いした直後、ばたりと黒狼は倒れ込んだ。

見る間に変身が解け──もとの、黒馬の姿にもどっていく。〝中の人〟が消え、力の供給が断たれたのだ。

代わりに、いきなり『影』が大地に落ちてきた。

今日は快晴で、雲ひとつなかったのに。天を見あげて、芙実花は呆然とした。

「あ、あれって……何かの頭蓋骨《ずがいこつ》じゃ!?」

「たぶん『狼』の頭だ。それも特大──この村をまるごと押しつぶせそうなサイズの」

それは隕石《いんせき》の墜落を思わせる情景だった。

芙実花たちが見あげる空の高みより、狼の頭蓋骨が落下してくる。しかも、ここ《反運命教団》の聖地めがけて、ぐんぐんと急接近中なのだ！

狼狽《ろうばい》して、芙実花は叫んだ。

「コ、コロニー落としってやつですか!?　それともティアマト彗星!?」

「あー。日本製アニメでそんなのやってたねえ。ま、そこまでの規模じゃないよ。あのじいさまが本気になれば、そういうのもたぶんできそうだけど」

あくまでのんびりとドニは語った。

「いつもの『狼』とノリがちがうから、さては新しい権能《けんのう》をどこかで手に入れたな……」

「あ、あれが落ちてきたら、あたしたち全滅ですよね!?」

「だろうね。このあたりがごっそり、クレーターみたいに削れると思うよ。あと、ものすごい爆発も起きるだろうな」

あわてふためく芙実花とちがい、ドニは機嫌よく言った。

「実はぼく、こういう経験が何度もあってさ。ちょっとした自慢なんだ」

「そういう不幸自慢は、勘弁してくださいっ！　あたしたちも村の人たちも、みんな死ぬ寸前なんですよ！」

「あはは、フミコくん。それはちがうな」

この期《ご》におよんでもドニは軽薄に笑い、そして、剣の鞘《さや》を取りあげた。

だが、抜かない。右手で剣の柄《つか》をつかんだものの、抜剣せず、なんとそのまま両目までつぶってしまった。

逃げず、抜かず、動かない。戦うそぶりも見せない。

ただ——その姿は所定の仕草《ルーティーン》によって、集中を高めるアスリートにも似ていた。

「何度も経験してるってことは——何度も切り抜けているってことさ。こういうときにおあつらえ向きの権能を……ぼくも手に入れたしね」

「え――っ!?」

「地球にいる頃はさ。飛び道具が欲しいときは、ぼくもたまに流れ星を剣の代用品にして空から落としてたんだけど。あれ、ヒューペルボレアだと使えないんだよね。でも幸い、こっちへ到着した直後にヴァハグンって軍神と戦って……」

「お、お話のスケールがおかしすぎて、意味がわかりません!」

「いやね。最初、どろどろの溶岩流みたいなのを海の近くで見つけて。こいつが軍神ヴァハグンだったのさ。以前の戦いで負傷して、体が溶けて、溶岩流になったのはいいんだけど、逆にその体のせいで斬っても切れない溶岩の怪物になっちゃっててねえ」

「つまり、その神様を倒したんですか!?」

「そうそう。結構たいへんだったよ」

はじめ遠くの空に見えていた『狼の頭蓋骨』。

その凶相がもう、芙実花たちの頭上いっぱいに広がっている。それだけ接近されてしまったのだ。まもなく、この地に降臨するはず。

もう墜落・激突の〝ゼロアワー〟まで二、三分もないのではないか。

今さら全力疾走で避難しても無意味。芙実花が涙目になったとき。

「よし、見切った。……光あれ」

「!?」

ついにドニが抜刀した。

鞘より抜きざまに斬撃を放つ居合い切りの技。ただし、切り裂いたのは虚空《こくう》。抜き身の剣が自由を得たのは一瞬だけ。もう鞘の内にもどっている。

……そして芙実花は見た。

頭上の空を駆け抜ける、一筋の光を――。

その閃光は、ぐんぐん地上へ降下中だった『狼の頭蓋骨』を横薙《よこな》ぎにした。

「ぼくにだって、護堂に負けない大技があるって今度見せてあげないとなあ」

ドニのつぶやきをよそに、崩壊していく。

巨大な頭蓋骨がさらさらと砂状に崩れはじめて、そのまま一気に形を失った。居合い切りの一閃によって、みごと成し遂《と》げた一刀粉砕の大技であった。

芙実花は拍子抜けして、唖然とするのみだった。

「ふえええええ……」

「ヴァハグンの権能にもそろそろ名前をつけないとな……。今まで考えてくれてた先生たち、ヒューペルボレアにはいないんだよー。めんどくさいんだよねえ、こういうの！」

ドニのぼやきを聞いて、思わず芙実花はコメントした。

「ええと、じゃあ、《天翔龍閃《あまかけるりゅうのひらめき》》……」

「お、いいね。それでいこう！」

「即答!? やっぱりダメです、著作権的に! そうだ、《神の見えざる剣》とかでいいじゃないですか!」

「えー。最初の方がかっこいいじゃない」

このやりとりが戦いの締めくくりであった。


かくして『ゲーム』は終わった。

あやしき狼の侯爵がしかけてきた攻撃をしりぞけて、ドニは勝者の権利とばかりに《反運命教団》の歌姫、ミュージシャン、職人たちを呼びあつめた。

いきなりの殺戮と戦闘、さらには巨大頭蓋骨の降臨。

立てつづけの大難に襲われた村人たちは、ひとり残らず呆然としていて、

「人助けしたぼくに、ごほうびを頂戴《ちょうだい》よ!」

そうドニにせがまれると、もう沈黙しようとはしなかった。

問われるままに、ぼそぼそ回答しはじめた。それは明らかに人助けへの感謝ではなく、ドニが示した魔王の本性への畏怖《いふ》ゆえであったが……。

「あたしたちは、クシャーナギ・ゴードーその人に会ったことはないんです」

「ええ……。ただそういうすごい方がいると、教祖さまから聞いて」

「私たちに歌や音楽、楽器のことを教えてくれたのは、全部教祖さまよ」

「本当にとてもすてきな人だったのに……すこししかいっしょにいられなかったのがすごく残念で――。それで、みんなでこの教団を立ちあげたの」

トークに慣れた歌姫たちが中心となって、ドニに語っていく。

一部始終を聞いていた芙実花、《教祖》と呼ばれる地球出身者《アーシアン》の素性がひどく気になり、口を挟んだ。

「その教祖さまって、どういう人なんですか？」

「名前、もしかして《アイーシャ》だったんじゃない？　黒髪、肌は小麦色、一見かわいい感じのお姉さん。君たちは彼女に頼まれると、何でもしてあげたくなったはずだ」

いきなりドニが言った。確信のこもった口ぶりで。

そういえばと、芙実花は気づいた。

ドニも、ヴォバン侯爵なる狼使いも、《反運命教団》の裏には複数名の仕掛け人がいると疑っている口ぶりだった。ずっとそうだった！

「その人、やっぱり神様を殺したカンピオーネさん、なんですか!?」

反射的に芙実花は訊ねていた。

心のどこかで『黒髪・小麦色の肌の可愛い曲者《くせもの》お姉さん、どこかで会った気も……』と思いながら。

剣の王と呼ばれるカンピオーネは、こくんとうなずいた。

「うん。それも厄介なことに、《魅了の権能》なんて力を持ったお姉さんだ。その気になれば国ひとつの国民全員だって洗脳できるし、世界ナンバーワンのアイドルにもなれちゃう人だから、宗教団体をひとつ作るくらい朝飯前のはずなんだよ。いつのまにかヒューペルボレアにも来ていて、しばらく護堂といっしょにいたらしいし」

とんでもないプロフィールを、さらりとドニは語った。

「さっきの狼じいさんの天敵でもある。だから、もしアイーシャさんがいたら真っ先に排除するつもりで、ここを襲わせたんだろうねえ」

「はあ……」

芙実花は感じ入った。しかし。

「ごめんなさい、教祖さまのことは——よく覚えてないの」

歌姫のひとりが困り顔で告白した。

「わたしたちのように、聖地に出入りする《反運命》の歌い手や僧侶は何百人もいて、みんな教祖さまといっしょの時をすごしたはずなんだけど……あの方のことを思い出そうとすると、頭に靄《もや》がかかったようになって——」

「ええ。何も思い出せなくなるの……」

口々に村人たちは言い、みんなが困惑した面持ちだった。

ドニは「ふうん」とつぶやいて、

「どういうことなんだろうねえ？　何か事情があって、アイーシャさんが『自分のことは忘れてくれ』とおねがいしたのか。それとも、まったくの別人が仕掛け人なのか。いずれにしてもクシャーナギ・ゴードー——草薙護堂をよく知るやつなんだろうけど！」

かくして、聖地訪問は終わった。

帰りの道中、馬ゾンビくんに運ばれながら、ドニは笑った。

「ま、《反運命教団》のことはもういいや！　今度アレクに会ったら、さっきの情報を全部伝えて謎解きしてもらおう！」

「あれく？」

「古い友達なんだ。アレクサンドル・ガスコイン」

「あ——聞いたことあります！　黒王子ってあだ名のカンピオーネさん！」

「よく知ってるねえ。めんどくさい謎解きが大好きな変わり者だから、いろいろ文句を言いながら、きっと真相を突き止めてくれるよ」

いつかの腐女子《ふじょし》トークを思い出した芙実花も、馬ゾンビくんにまたがっている。

ふたりで『屍者《ししゃ》の都』めざして、復路の旅。やけに晴れやかな顔のサルバトーレ・ドニを眺めて、芙実花は首をかしげた。

「最愛の人に会えなかったのに、やけにごきげんですね？」

「そりゃそうだよ。古いつきあいのお仲間たちに、これからどんどん会う機会が増えていきそうだからね！　まず手はじめは侯爵のじいさまだ！」

「うっ。あの人、超こわいです。直《じか》に会うのは絶対にゴメンです」

宣言しながらも、芙実花は思う。

はじめ『最愛の人＝彼』と聞いて、一も二もなくBLを連想して、勝手に盛りあがったわけだが——だんだん気づいてきた。

ドニの言う『最愛』、実は恋愛感情とは異なる『愛』なのではと。

どうにも色恋特有の生々しさを感じないのである。そもそも芙実花、リアルにLGBTQ＋の人々と接点を持ったことがなかった。

目の前の人物がはたしてGなのか、そうでないのか——判断がつかない。

ヒューペルボレアに来て以来、厩戸皇子《うまやどのおうじ》の側近としてちやほやされてきたが、今の芙実花は二次元と三次元の狭間《はざま》で困惑する十代の少女であった。

そして、当の青年はなんとものんきにつぶやいた。

「でも侯爵のことだ。そのうち向こうから、ぼくらの都に来るかもよ。だってサルバトーレ・ドニが『屍者の都』にいると知られちゃったし」

「へ……っ？」

「昔、ぼくもあのじいさまの邪魔をしたことがいろいろあって。そこそこ因縁《いんねん》もある。軍をひきいて攻めてきてもおかしくないねえ！」

　こんな話題なのに、ドニはへらへら笑っていた。

「あと君の師匠、羅濠教主。あの人と侯爵は大昔からのライバル同士、ぼくと護堂みたいなもの。フミコくんが宿敵の弟子だと知ったら、やっぱり『屍者の都』にちょっかい出すかも。とにかく喧嘩っ早いんだ、あのじいさま！」

「ふ、ふええええっ!?」

　とんでもない事実を知って、芙実花は戦慄《せんりつ》した。

　王道楽土の平和を謳歌《おうか》していた『屍者の都』にも、まもなく野獣到来の冬が来る——そんな未来を想像してしまった。

幕間3

―― interlude 3 ――

◆名を捨てし歴史の管理者、多元宇宙の特異点にて記す

神殺しの誕生はきわめて稀《まれ》だが、現実に起こりうる事態でもある。

過去と現在、多元宇宙には何人もの神殺しが登場し、それぞれのやり方で荒れくるい、猛威を振るってきた。

荒ぶる神殺しは、奇妙なほどに同じ『人』を惹《ひ》きつける――。

孤高となってもおかしくない神殺しの戦士に、しばしば《介添人》が同行し、さまざまに支援するゆえんである。

神殺し同様、多元宇宙には何人もの《介添人》が現れてきた。

なかには、特筆すべき者もいる。

たとえば陸鷹化《りくようか》。武林の麒麟児《きりんじ》にして、魔教教主・羅翠蓮《らすいれん》の直弟子《じきでし》。彼はその出身時空にお

いて、人類最高峰の武術家であった。のみならず、人でありながら誰よりも神殺しの種族を理解する奇人でもあった。

たとえば、アンドレア・リベラ。

剣の王サルバトーレ・ドニに長く仕《つか》え、彼の留守を守りつづけた苦労人である。その苦難と忍従を讃《たた》えられて、『王の執事』の称号を得た。

たとえば、クラニチャール一族。

魔狼王《まろうおう》デヤンスタール・ヴォバン侯爵《こうしやく》に何代も仕え、常に侯爵の脇侍《きようじ》として彼の近くで権勢を誇った。ただし、一族の裔《すえ》であるリリアナ・クラニチャールは仕える王を自《みずか》らの意志と愛ゆえに宗旨替《しゆうしが》えした。

（詳細については『やがて運命神を殺《あや》める者・草薙護堂《くさなぎごどう》の放埒《ほうらつ》および義侠《ぎきよう》の日々』を参照されたし）

尚、ことさらに特筆すべき《介添人》はブランデッリ家の系譜であろう。

欧州における魔術の名門であり、近世の頃には神殺しの魔王を一族より誕生させた。

その子孫は魔術結社《赤銅黒十字《しやくどうくろじゆうじ》》の有力者として、魔術界では王族のごとく遇されるようにまでなった。

奔放《ほんぽう》なる神殺し・六波羅蓮《ろくはられん》に仕えるジュリオ・ブランデッリもこの系譜である。

ブランデッリの一族には、子弟への教育と訓戒を怠《おこた》らないという特質があり、たびたび家格にふさわしい傑物《けつぶつ》を輩出する。

なかでも傑出した存在は、やはりエリカ・ブランデッリとその実子。

エリカについての詳細は『やがて運命神を殺める者・草薙護堂の放埒および義俠の日々』を参照されたし。

彼女の子、レオナルドとモニカ兄妹については『反運命の神殺し・草薙護堂の血族と次元渡りの秘儀』を参照されたし。

第四章

黒王子、反運命の意味を知る

1

英雄界ヒューペルボレア。

かの神域の情報を、草薙護堂《くさなぎごどう》に教えたのはアレクサンドル・ガスコインである。あれは一度目のヒューペルボレア遠征のあとだった。

その後、アレク二度目の英雄界訪問。

いよいよ本格的にこの世界を探索し、ヒューペルボレアの表も裏も解析《かいせき》してくれようと構想していた。

その矢先に、アレクはたまたま草薙護堂と再会した。

ヒューペルボレアの海に浮かぶ名もなき島の、小さな漁師町で。なんだかんだであの男もしっかりここまで来ていたのだ。

偶然の再会であり、必然の再会でもあった。

ただし、そこで感傷的にしんみり話しこむような間柄でもない。

「よう」

と、草薙護堂が軽く手を上げたら、アレクも短く、

「貴様か」

と返して、再会のあいさつはおしまい。あとはふだんどおりに話す。

「おいガスコイン。あんたの言ったとおり、ここはたしかに変わった神話世界だな。あと例のなぞなぞ、答えがわかったぞ」

「ふ――っ。あれか。『神の怒りで滅ぼされた世界』」

にやりとアレクは笑い、草薙護堂は愚痴《ぐち》った。

「大洪水のあとで復興した世界ってのはいいんだけど、文明まで退化してるのがいまいちやりにくいんだよなあ！」

「ふん。これはこれで味わい深い文化だと、オレは思うがな」

「いやさ。食いものとかは慣れりゃいいだけだし、気にしてないんだよ。ただインフラって言えばいいのか？　あちこち旅してまわるときに便利な設備とか、店が、全然ないのがな。街道とか宿屋とか船便とか、そういうの」

「すくなくないヒューペルボレア人が牧畜、遊牧を生業《なりわい》としているからな」

アレクは肩をすくめて、論考した。

「基本、旅するときは自前の馬を使い、夜は野営して過ごすスタイルのようだ。貴様もその慣習にならってみたらどうだ？」

「ま、たしかに。……でも待てよ。逆の考え方もありかもな」

あのとき、草薙護堂は何かを思いついたようであった。

それからしばらくの間、日本生まれのカンピオーネとは何の縁もないまま、アレクは自《みずか》らの拠点作りや仲間のスカウトに奔走《ほんそう》していた。

陸地を人為によって増やし、この世界に〝ないもの〟を製造させる——。

何名もの地球出身者《アーシアン》たちが起こした『リアル・シムシティ』の流れにアレクも加わっていたのだ。

その合間に自慢の快足を生かして、あちこち旅もしていた。

そして、ある日——。

草薙護堂の〝消息らしきもの〟と遭遇したのである。

そこは、山のふもとの一角にひっそりと位置する村だった。

「……一体、ここは何なんだ？」

アレクは眉をひそめた。

とにかく、にぎやかな村だった。そこかしこで楽器を手にした村民がやけに達者な演奏を披《ひ》露《ろう》して、歌姫たちがパワフルに熱唱を繰りかえしていた。

工房では、ヒューペルボレアの文化水準にそぐわない楽器類が手作りされる。

まちがいなく地球出身者《アーシアン》がいるのだろう。好奇心に火がついて、アレクは該当人物を探してみた。

——いた。

彼女は例によって、人だかりに囲まれていた。

誰あろう旧知の人物と出くわして、アレクは一瞬めまいを覚えた。どこかに封印されたと聞いていたのに、こんなところで出くわすとは……。

アレクの出現に、彼女の方はまだ気づいていなかった。

まわりが人だらけだったから、だろう。大勢の村人が取り巻きとして、彼女の話を夢中になって聞いていた。

そう。魅了の権能《けんのう》によって、あらゆる国と時代でカリスマになってしまうのだ。

壇上に立って、みんなの喝采《かっさい》を浴びる姿は、もはやポップスター、国民的アイドルのようでもあった。

そんな彼女があのとき、弁舌《べんぜつ》を振るっていた。

「みなさん！　この世界は冷酷な《運命》によって支配されています！」

「神々さえも操る《運命》の糸によって、この世のあらゆる不幸が織りなされるのです。人の

寿命も、病も、貧しさも、戦争も、天変地異も、全て《運命》の定めるところ。わたくしたち人間を苦しめる全てが《運命》によってもたらされます！」

「でも、安心してください」

「わたくしたちには《反運命の戦士》がついています」

「その人こそがわたくしたちを救う者。全人類の希望を背負い、ヒーローとして、冷酷な《運命の神》と対決してくれる御方」

「いいですか、その人の名前は《クシャーナギ・ゴードー》！」

「みなさん！　彼を讃《たた》えて、感謝してください！　みなさん、彼の偉業を歌や詩にして、世の人々に伝えてください！」

「大丈夫です、わたくしの伝えたカラオケ術と音楽があれば！」

「みなさんなら、いくらでも熱血ヒーローソングを生み出せるはずです！　万歳、《クシャーナギ・ゴードー》！」

彼女――。

アイーシャ夫人は厚手の外套《がいとう》を着て、そのフードを頭にかぶっていた。

そんな格好で、なんともあやしげな『教義』を村人たちに語り聞かせていて――

「何をやってるんだ、夫人は？　それに《クシャーナギ・ゴードー》だと？」

アレクは今度こそ本格的なめまいを覚えた。

反運命のキーワードと相まって、すぐに《草薙護堂》を連想した。

あの男こそ、魔王内戦の果てに『最後の王』と運命神を倒した存在。《反運命の戦士》の呼び名に唯一《ゆいいつ》ふさわしい者――。

……その夜。

アイーシャ夫人の住まいとおぼしき屋敷へ、アレクは忍び込んだ。

何をもくろんでいるのか、直《じか》に問いただしてみようと。あまり関わりたくない人物だが、野放しにするのはあまりに危険すぎる。彼女の活動がよからぬ影響をこちらにもたらす危険性も危惧《きぐ》された。

事を荒立てたくなかったので、深夜、彼女がひとりになるまで待った。

――これが失敗だった。

アイーシャ邸の寝室とおぼしき部屋で、アレクは書き置きを見つけた。『Please Do Not《さがさないで》 Look For Me《ください》』と、わざわざ英語でしたためてあった。

彼女は――アレクの姿に、実は気づいていたのだ。

しかし奇妙なことに、あれだけ人なつっこいアイーシャ夫人が再会をよろこぼうともせず、無言のまま姿を消した。黒王子アレクを避けて。

しかも翌日、さらなる驚愕が待っていた。

この《反運命教団》というらしいカルトの聖地で、アイーシャ夫人について聞き込み捜査を

ろう。

おそらく昨日のうちに『わたしのことは忘れてください』と、おねがいをしてまわったのだ

村の住民は、そろって夫人についての記憶を失っていたのである。

してみたら――

そこまでして、己《おのれ》の痕跡を消そうとするのはなぜか？

どうして《反運命の戦士》がクシャーナギ・ゴードーなのか？

「くそっ！　バカバカしすぎて、まじめに考察する気にもなれん！　あの女は一体全体、何をしでかそうとしてるんだ!?」

アレクは苛立《いらだ》って、吐き捨てたものだ。

こうも『バカバカしい』話をどうして自分が解明しなくてはいけないのか。そのためにかかる労力を思うだけで、すでに腹立たしい。

アレクサンドル・ガスコインは、へそ曲がりの負けずぎらいなのである。

というわけでこの問題を棚上げして、すっかり忘却していたのだが。思わぬ形で《反運命》のキーワードと直面することになる。

「ふうむ……」

いくつかの新情報を得て、アレクは思案していた。

放置してもいいが、なかなかに好奇心を刺激される問題。自ら動いてみるのも、よいかもしれないな——などと。

住み心地のよい木造の館、その中心に造った大広間にいる。

仲間たちと共に築いた住処《すみか》である。まわりは鬱蒼《うっそう》とした森なので、木材はいくらでも調達できた。また、幸いにも大工や細工師、鍛冶師《かじし》といった職人——それも神の血を引く名匠《マエストロ》たちを〝グループ〟に迎え入れていた。

アレク自身も器用な方なので、ＤＩＹも苦手ではない。

ここ『影追いの森』に集《つど》った一党の『頭領』ながら、アレクも鉈《なた》やトンカチを使い、みんなで手作りした自慢の屋敷である。

暖炉では薪《まき》がパチパチ燃えて、大広間を暖めている。

アレクが腰かける安楽椅子も手作りの品。ゆらゆらと揺られながら、『事件の真相を推理する名探偵』のごとく脳内の情報を整理する。

——現在までに、八つのフォービドゥン・レルムズが誕生している。

『円卓の都』『屍者《ししゃ》の都』『海王の都』『群狼の天幕』『竜の都』『享楽《きょうらく》の都』『探索者のギルド』『影追いの森』。

そう。アレクひきいる森の無法者たちもそのひとつ。

ここに近頃、九つ目のレルムと呼びうる集団が台頭してきた。

「まさか《反運命教団》の活動がこうも拡大していくとはな……」

あそこの聖地でアイーシャ夫人を取り逃がしたのは、もう三カ月ほど前だ。

まあ、結局のところ『歌と音楽の楽しいイベント』を主催し、『反運命』というフレーズを声高に叫ぶだけの集団である。

生け贄《いにえ》のミサを催《もよお》すわけでもない、割と無害なカルトだとは言える。

だから、アレクはほとんど気にかけていなかった。だが。

「例の予言をもう一度聞かせてくれ」

「何度でも仰《おお》せのままに、黒王子の君」

アレクに頼まれて、《予言者》がうなずいた。

地球出身ではない。ヒューペルボレア生まれの老人男性である。盲目の詩人であり、ときに未来を予見する。神の血を引くがゆえの〝異能〟であった。

老齢ながら、張りのある美声で《予言者》は語る。

「私にはよくわからない啓示《けいじ》だが聞いていただきたい……。『運命の御子、ついに来《きた》れり。反運命の戦士とまみえ、相争うとき、多元宇宙のさらなる混沌《こんとん》が幕を開ける』。黒王子の君よ、あなたには意味がわかるのか？」

「まあ、おおよそのところはな」

「それは幸い。さすがはわれらの長《おさ》となられた御方」

アレクに対して、《予言者》はどこまでもうやうやしい。

ヒューペルボレアに拠点を造っていく過程で、何十名ものヒューペルボレア人を仲間にすることができた。なかには異能の者も多かった。

超常の術を駆使する魔術師や神官たち。

予言者。さわるだけで人を癒《い》やす者。大地の声を聞く者。

さらには人間ながら鳥の翼を背中に持ち、自由に空を飛ぶ者。熊に変身する者。魚のように水中で呼吸できる者なども。

彼らのほとんどが神や精霊の血を引いていた。

尚、仲間たちにふと自分の異名のことをしゃべったら、以後『黒王子の君』が呼び名として定着してしまった。なかなかにこそばゆい。

ともあれ、これがアレクひきいる『影追いの森』である。

鉤爪《かぎづめ》諸島――人里の多い二の島ではなく、人口の少ない三の島北部の森林地帯を丸ごと拠点とし、異能の者たちもいっしょに共同生活を送っている。

多くが無実の罪、権威への叛逆などで、もとの住処にいられなくなった者たちだ。

町や村を追放されるなどして、流浪《るろう》の身の上だった無宿人。そういう輩《やから》と出会うたび、アレクはこう呼びかけてきた。

『オレといっしょにヒューペルボレアの謎と神秘を解きあかすつもりがあるなら来い。そのつもりがなくとも、オレを手伝ってくれる者は歓迎する』

と。

今ではヒューペルボレア版〝シャーウッドの森〟とも言える陣容だ。

その仲間のひとりに予言されて、アレクはつぶやいた。

「……運命と反運命の闘いがどうせ起きることなら、こちらが観測できる範囲内で発生させるのはありだな。その方が対処もたやすいか――」

どうせ起きる揉《も》めごとならば、むしろ積極的に関わっていこう。

どこまでもカンピオーネらしい言い草を口にしたアレクへ、仲間のひとりが首をかしげながら訊《たず》ねた。

「反運命とは、例の――歌う教団のことでしょうか？」

「どうだろうな？　オレとしては、あまりその可能性は考えていない。あとは『円卓の都』のテオドリック王もそう自称しているそうだが……」

アレクはあっさりと言った。

「ここは素直に、最有力候補と会いにいくとしよう」

現実に、運命神を殺《あや》めている男。

草薙護堂とは、名もなき漁村で遭遇したきり、会っていない。今どこにいるのかもわからない相手をいかに探し出すか。

新たなアレクの探索行であった。

2

本当なら、アレクの探索は『当てのない旅』になるところ。

しかし、彼はアレクサンドル・ガスコインだった。多元宇宙に総勢で何名のカンピオーネがいるかは知らないが——

謎解きに長《た》けるという一点において、おそらくはアレクこそが最高峰。

携帯電話も郵便さえも存在しない世界にあって尚、どこにいるのかも不明な《草薙護堂《くさなぎごどう》》を探す手がかりに、実は心当たりがあった。

アレクは『影追いの森』の居館を出ると、

「さて……あちこち回っていくとするか」

近所の得意先を訪ねる商売人のように、気楽につぶやいた。

だが直後、軽やかに走りはじめた彼は悠々と——音速の壁を越えた。音よりも速く、稲妻と同等のスピードで地を駆けていく。

いつしかアレクの体は電光そのものとなって、空へ飛び出していった。

権能《けんのう》《電光石火《ブラック・ライトニング》》。

神速——超常の加速世界に、自《みずか》らを突入させるという特異な能力。

発動中のアレクは音よりも速く、稲妻のスピードで動ける。機敏さ、身軽さまで劇的に向上し、縦横無尽《じゅうおうむじん》のアクロバットまで披露《ひろう》できる。

ただし、肉体にかかる負担がすさまじく、長時間は使えない。

体へのダメージを無にしたいときは、自らの姿形を電光そのものに変えて、空と大地を駆けめぐる——。

知る人ぞ知る、アレクサンドル・ガスコイン第一の権能《けんのう》だ。

いろいろ癖《くせ》の強さはあるものの、やはり驚異的なスピードで飛びまわれるというアドバンテージは途方もなく大きい。

拠点である『影追いの森』から、南西に進むこと約五〇キロ——。

こんな遠方まで、近所の公園に行くのと同程度の気軽さ・時間でやってこられた。

「禁じられた王国《フォービドゥン・レルムズ》のひとつ、『竜の都』……。あいかわらずの景色だな」

都の空を見あげて、アレクはつぶやいた。

——翼竜が飛んでいる。何匹も。

爬虫類のトカゲに似た頭部と胴体、尾は長い。四肢はあるが逞《たくま》しい後ろ肢《あし》に比べて、前肢はひどく華奢《きゃしゃ》だ。

代わりに、両肩からは大きな翼が左右にのびている。

この双翼の存在が、もしかすると翼竜たちの前肢を退化させたのかもしれない。

体格はそこそこの大きさで、全長七メートルほど。こんな竜たちが気ままに都の上空を飛びまわっているのである。

地球の都市部で鳩やカラスがそうしているように、当たり前の光景として。

しかも鞍《くら》と手綱《たづな》を装着し、人間を騎乗させた翼竜もすくなくない。ここは馬代わりに『竜』を乗りまわす都なのだ。

「ま、この地形なら、むしろ合理的な選択と言えるのかもな……」

アレクはうなずいた。

ここ『竜の都』は山間《やまあい》の盆地に築かれた都市だった。四方を山に囲まれ、かなり閉塞感が強い土地柄である。

都の外へ出れば、険しい山道・峠道がえんえんとつづく。

荷を運ぶ牛馬にとってもきつい急勾配が多い。だが、翼持つ者であれば、軽やかに空を往《ゆ》くだけでいい――。

尚、盆地のなかの都市部は、道がよく整備されていた。

縦横に走る道路網で、市内は碁盤の目のように仕切られている。

「まるで昔の中国だな。おそらく地球出身者《アーシアン》が意図的に模倣させたのだろうが……」

たとえば長安《ちょうあん》、すなわち現代で言う西安《せいあん》。北京《ペキン》の内城など。

羅濠《らごう》教主のような中華圏出身の何者かが入れ知恵した——と、アレクは即断しない。

当時、最先端の文化と栄華《えいが》を誇った帝国にあこがれ、同様の都市計画で都を打ち立てた国家はいくつもあるのだ。

「日本の京都、韓国の慶州《キヨンジユ》。どういう素性の輩《やから》が『竜の都』を治めているのか……そのうち調べてみたいものだが。今はやつの手がかりを追う時間だ」

この都、全体に低層の木造家屋が多い。

ところどころ高楼や塔などもあるが、多くが木造の平屋であった。

街並みの雰囲気はヒューペルボレア本来のそれとはまったく異なり、むしろ旧時代のアジア某地にまぎれこんだ気分であった。

市内のとある高楼——その屋根へ、アレクは瞬時に移動していた。

雷の速さと飛翔を使いこなせる者だからこその早業《はやわざ》だ。

高みより街を見おろす。多くのヒューペルボレア人が格子《こうし》状の道を行き交って、都の栄え具合がよくわかる。

街ゆく人々の衣服は、布地を体に巻きつけるタイプが多かった。

これも昔の和服や漢服《かんぷく》のようだ。ヒューペルボレアで一般的な貫頭衣《かんとうい》より、そちらがもはや主流であった。

そして——数少ない〝昔ながらの格好〟をした者が大通りを往く。

まだ若者で、大柄な葦毛《あしげ》の馬に乗っていた。しかし、よほど激しく走らせてきたのか、馬はぐったりと疲れ切った足取りだ。

若者はやがて、とある宿屋らしき建物に入っていった。

疲れはてた葦毛馬は、宿の者が馬小屋に連れていく。それから数十分。さっきの若者が外に出てきた。

休憩し、食事も摂《と》ったのか、元気潑剌《はつらつ》という顔つきだ。

そんな彼のもとに連れてこられた馬は——先ほどとちがい、栗毛だった。

休養十分という感じで栗毛馬の方も活き活きとしていて、若者を乗せ、速歩《はやあし》で元気に旅立っていく。

急ぎの旅なのか、都を出ると、若者は栗毛馬の速度を上げさせた。

一部始終を見とどけて、アレクはぼそりと言った。

「ただ一頭の馬が頼りでは、とてもあんなペースで旅はできない。だが替え馬を決まった場所で確保できるのなら、話はべつだ。……古典的な手法である分、ヒューペルボレアではかえって効果絶大、か。——あと、あれはやはり目印だったな」

馬を駆る若者も、宿の者も、左足首に黄色い布を巻いていたのだ。

自分で自分の言葉に納得して、うなずいて、アレクはそこから消え失せた。神速を発動し、次の目的地へ移動したのである。

アレクの感覚としては、自動車で隣町に行く程度の気軽さだった。

ただし海を越え、鉤爪《かぎづめ》諸島・三の島から最大の人口を誇る〝二の島〟へ来ている。

煙を噴く煙突と鍛冶場があちこちにある。城壁に囲まれ、小高い丘には中世ヨーロッパを思わせる城館がそびえ立つ。

円卓騎士団の本拠地『円卓の都』――。

各地の集落を襲って、略奪を繰りかえすことで悪名高い連中だ。

「野蛮な騎士どもをたばねる聖王テオドリックは、反運命の神殺し……しかも、まつろわぬアーサー王殺しでもあるという。ふん」

アレクは鼻で笑った。

「はたして、どこまで信じていいものか……」

名前こそフランス系だが、アレクは英国出身のカンピオーネ。

実は十代後半から二十代にかけて、アーサー王伝説にも登場する《聖杯》の探索にひどくのめり込んでいた。

あの頃に培《つちか》った知識と勘が告げている。

伝え聞く『円卓の都』の内情、どこかが、何かが胡散《うさん》くさい――。

だからアレクは、この煙くさい城下にも配下を送り込み、内偵を進めさせていた。いずれ役に立つだろうと。

しかし、今は都を守護する城壁の上にひとり立つ。

下界を睥睨《へいげい》し、ある光景を見つけて、アレクはにやりと微笑した。

「オレとは狙いもちがうだろうが……似たようなことをしている。ま、やつの目的を考えれば、主要都市の全てに〝支部〟を置きたいはずだからな。息のかかった者を敵の城下にひそませるくらいは当然か」

とある宿屋の前に、中年男がやってきた。

大きな布の袋を肩にかついでいる。中身は何なのか、ぱんぱんにふくらんでいた。その中年男の姿を見て、宿のスタッフが寄っていった。

宿の者が差し出したのは、紙の封筒――。

地球出身者《アーシアン》であれば、一見して『手紙』と気づくだろう。だが、ヒューペルボレアでは、紙はまだ貴重品。識字率も向上の余地、大いにあり。手紙のやりとりはまったく一般的な行為ではない。

受け取った手紙を中年男は白い袋に放りこみ、去っていった。

「ここでも誰かが入れ知恵して、手紙と、郵便のシステムを伝えたわけだ。紙を『屍者《ししゃ》の都』あたりで買いつけてきて……」

アレクはつぶやいた。

かの地では、安価で良質な紙の大量生産がはじまっているのだ。下手《へた》に自作するより、手っとり早くていい。

尚――手紙の受け渡しをした両名。

どちらも左足首に、黄色い布を巻きつけていた。


次いで、アレクは『円卓の都』から南下して、海沿いの街に来た。

ひどく素朴な、ヒューペルボレア本来の街並みがあった。『火の国』と言い、焔《ほのお》の軍神を崇《あが》める尚武《しょうぶ》の土地であるらしい。

ここにも黄色い布の者たちはいた。

宿屋でもない商家だが、なかなかに大きな門構えの館。

その門には黄色い布が旗のように掲げられていて、足首に同色の布を巻きつけた人々が気やすく出入りしている。

来訪者たちは館の家人にもてなされ、食事や一夜の宿を提供されていた。

神速で動きまわれるアレクは誰に気づかれることもなく、易々《やすやす》と館のなかに侵入して、その内情を確認した。


翌日の昼頃、アレクは『屍者の都』にも足をのばした。

平和かつ清潔なのはいいが、人が生活を営むうちに自然と生まれる混沌《こんとん》さえも排除された王道楽土へ、

「こういうところはたしかに、屍者の住処《すみか》にふさわしいな」

と、皮肉な視線を向けつつ調査した。

市中の某所に一千体の『ゾンビくん』を集めた製紙工場があり、そこを取りしきるヒューペルボレア人は足首に黄色い布を巻いていた。

アレクは肩をすくめた。

「なるほど。もう買いつける段階を通りこして、自前の工場で大量生産する体制をととのえていたか。となると、その資金源も気になるところだ……」

神速の電光と化して、ふたたび天翔《あまか》ける。

やってきたのは、『屍者の都』からも比較的近い『享楽《きょうらく》の都』。

移動するうちに問題の〝資金源〟について、おおよそ見当がついてきた。やつ……否、やつのブレーンなら、きっと――。

「たしか前に来たとき、見かけた記憶があるぞ」

アレクは『享楽の都』の街並みをきょろきょろと見まわした。

神速の身軽さで高みに登ったりはしていない。街中をふつうに歩いて、あちこち見てまわっ

ている。

今日訪ねた都市では、格段ににぎやかなところである。

飲み物のグラスや串焼き、肉まんじゅうなどを手に街歩きする人々。

店先で商いをする者。呼び込み、客引きをする者。遊びあるく者もいれば、ケンカ沙汰《ざた》に巻きこまれた者もいる。

よくも悪くも生命力に満ち、毒気と混沌のうずまく街——。

あやしい看板も多い。『担保不要！　すぐにお金貸します！』『女の子募集中。高給保証。お酌《しゃく》と給仕が主《おも》な仕事です』『賭博場、この上』など。

アレクはうなずいた。

「……あれだ」

まっすぐ向かったのは『すぐにお金貸します！』の看板を出した店。

暗い店内にはヤクザ者とおぼしき、いかつい顔の男たちがたむろしていた。アレクはそこへ入るなり、持ち前のふてぶてしい態度のまま、

「金を用立ててもらいたい——いや。邪魔したな。他を当たる」

なかにいた連中をひととおり見まわして、さっさと外へ出てしまう。

……ここからは神速ではなく、足を使っての捜査だった。

金貸しの看板や、それらしき店を見つけるたび、ずんずんと店内に押し入って、居合わせた

連中をチェックしては立ち去るのである。

アレクの態度に腹を立てる輩もときにはいたが、そんな場合は神速で消えた。

こうして、傍若無人《ぼうじやくぶじん》な立ち入り調査をはじめて十数軒目──。

ついに、左足首に黄色い布を巻きつけた金貸しと遭遇した。初対面の老人だったが、アレクはずけずけと言った。

「おまえたちのボス、もしくは創設者に会いたい。名前は《草薙護堂》のはずだ。当人は留守にしているかもしれないが、この都の近くに縁者がいるだろう。とっとと連れてくるか、居場所を教えてくれ」

立て板に水でまくし立てたあと、きょとんとする老金貸しに告げた。

「オレの素性を伝えれば、問題ないはずだ。オレの名前は──」

「存じあげてますわ。アレクサンドル・ガスコイン。黒王子アレクの雷名は近頃、こちらの世界でもよく耳にしますもの」

「……ああ。やはり君がいたか」

奥から出てきた妙齢の美女を一瞥《いちべつ》して、アレクは満足した。

赤みがかった金髪を王冠のようにかかげて、王宮の女主人のごとく微笑《あか》む。

肩もあらわな真紅《しんく》のドレスはデザイン、縫製ともにみごと。さらに紅《あか》いケープを羽織っていて、こちらは黒い縦縞《たてじま》の模様入りであった。

ちなみに髪飾りの色も黒。紅と黒《ロッソネロ》のコーディネートだ。

「なつかしいな、エリカ・ブランデッリ」

アレクはその名をあっさりと口にした。

草薙護堂を公私ともに支えるパートナーのひとり。

欧州でも屈指《くっし》の名門、魔術結社《赤銅黒十字《しゃくどうくろじゅうじ》》が世に送り出した神童であり、彼女の叔父《おじ》パオロはアレクの旧友でもあった。

3

アレクにとっては意外ならざる再会のあと。

約束もなしに押しかけた客人へ、かつて才気煥発《さいきかんぱつ》な少女であったブランデッリ家令嬢は優雅な貴婦人の顔で、

「こうもむさ苦しい場所で積もる話を黒王子《ブラックプリンス》さまと交わすのも無粋《ぶすい》。よろしければ、わたしの屋敷までおいでいただけますか？」

と、うやうやしく申し出た。

「もちろん、アレク王子が神速を尊《たっと》ぶあまり、ややせっかちな気性であられることは百も承知ではありますが」

くすりと、悪戯《いたずら》っぽく微笑むおまけつきで。

まさにアレクが『いや、べつにここでかまわん。金貸しの店先で話しこむのもべつに悪いことではない』と言いかけた矢先であった。

機先を制された格好のアレクは「むっ」と唇を閉じた。

――かくして。

エリカ・ブランデッリの呼んだ馬車に揺られて、アレクサンドル・ガスコインは海辺の屋敷までやってくる羽目になった。

壁や柱を白く塗って、いかにも瀟洒《しょうしゃ》な邸宅であった。

アレクが通された先は、紺碧《こんぺき》の海と砂浜を望めるテラス席。白い丸テーブルと同じ色の椅子に案内された。

すぐに給仕の青年が来て、白ワインのグラスをふたつ置いていく。

先祖には魔王カンピオーネまでいるというブランデッリ家。その家格に恥じない広さと充実ぶりであったが――

「なるほど、資金は潤沢《じゅんたく》なようだな」

優雅・洗練とは程遠い感想をアレクは口にする。

大輪の薔薇《ばら》を思わせる美貌のエリカ、芝居がかった華やかさで一礼した。

「それについては、アレク王子はじめカンピオーネの方々がいてくださるおかげ。この場を借りて、御礼申し上げます」

「……オレはおまえたちに何もしていないが？」

「いいえ。ただ王として君臨し、好き勝手に活動していただくだけで十分です。あとはこちらも勝手に情勢を利用し、商機を見出《みいだ》して、ビジネスにつなげていきますので」

「それで金貸し稼業をはじめたか」

「はい。ただ厳密に申しますと、融資はわたしたちの事業の一部で……」

「ああ――そうだとは思っていた。どうせ貸し付け以外にも預金を受けて、それを各支部で引き出せたりもするんだろう？　つまりは『銀行』のシステムだ」

「……仰《おお》せのとおりです。それで、まだでしょうか？」

いつもの調子で語っていたら、エリカに問いかけられた。

アレクは「まだ？」と首をかしげた。すると、社交に長《た》けた貴婦人らしい上品さで、旧知の女性はくすっと笑う。

「種明かしのはじまりは。まったく音信のなかったアレク王子が唐突にわたしたちの拠点に現れた経緯《いきさつ》、ぜひ教えていただきたいと思います。しかも、当然のようなお顔でギルドと《草薙《くさなぎ》護堂《ごどう》》のつながりまで言い当てて――」

「……ああ」

そのうち、興が乗ったら話してもいいことではあったのだが。

やんわりとエリカにうながされて、アレクはほんのすこしだけ鼻白んだ。

十代の頃から大物ではあったが、より余裕を増している。神すら葬る魔王のひとりを前にしても、会話の主導権をさりげなくにぎったまま。

さすが草薙護堂の『妻』と言うべきか——。

丸テーブルと白ワインのグラスを挟んで、黒王子はエリカと向かい合った。

「この鉤爪《かぎづめ》諸島という、ふざけた名前の群島に勃興《ぼっこう》した新王国……オレは『フォービドゥン・レルムズ』と命名したわけだが」

「存じています。その呼び名、使わせていただいておりますわ」

「オレが名づけたとき、王国の数は六つだった。円卓、屍者《ししゃ》、海王の都。群狼の天幕。竜の都にここ——享楽《きょうらく》の都。そこにいつのまにか、ふたつのレルムが加わっていた」

「アレク王子の『影追いの森』ですね」

「ああ。オレとしてはべつに国というつもりもなかったので、そう呼ばれると妙な気分になるんだがな。ともかく、あともうひとつが『探索者のギルド』——公言されてはいないが、草薙護堂の肝《きも》いりでおまえたちが運営している組織だ」

じろっとアレクは〝創設者の妻〟を見据えた。

「このギルドの実態、なかなか情報が表に出てこないので、把握してはいなかった。が、いくつかは聞いていた。鉤爪諸島の各地に支部があり、ギルドに属する旅人は行く先々で助言や助力、路銀の都合まで受けられるとか……」

「ええ。そのあたりはわたしどもの基本業務というところです」

　認めたエリカへ、アレクはさらに言う。

「オレもあちこち旅する方だからな。気づいてはいたんだ。足首に布を巻きつけた連中をそこかしこで見かけると。そして、思い出した。しばらく前に草薙護堂と会ったとき、やつはヒューペルボレアの旅行事情を改善したがっていた……」

「それで『探索者のギルド』と草薙護堂を結びつけたのですね？」

　エリカがややあきれた口調でコメントした。

「確たる証拠もなしに直感で！」

「いや、旅人の互助会を作ろうなんて物好きはやつ以外にはいないという、オレなりの洞察にもとづいている。山勘のように言われるのは心外だな」

「緻密な頭脳と大胆すぎる直感を、その場のノリで使い分ける――」

　アレクの反論を聞きながして、エリカがつぶやいた。

「昔、王子の好敵手であられた貴婦人がおっしゃっていた人物評です。さすがプリンセス、よく当たっていたみたい……」

「む」

「ああ、ごめんなさい。話の腰を折ってしまいました。どうぞ、つづきを」

「……とにかく、オレはギルドのメンバーらしき者を追跡してみることにした。予想していた以上の規模と資金力があるとわかったので――考えてみた。この組織の運営サイドはいかなる手段で原資を得ているのかと」

ここでアレクは、まっすぐエリカを指さした。

「すぐに君を思い出した。魔術結社《赤銅黒十字《しゃくどうくろじゅうじ》》の総帥《そうすい》を代々つとめたブランデッリ家の令嬢。この結社はヨーロッパでも屈指の名門にして、名高きテンプル騎士団の系譜に連なる結社でもある」

テンプル騎士団――。

一二世紀、第一回十字軍のあとに設立された騎士修道会である。

キリスト教、ユダヤ教、イスラム教のいずれでも聖地とされるエルサレム。この聖都がイスラム教国家セルジューク朝の支配下にあった時代。

それでも、ヨーロッパのキリスト教徒は聖地をめざした。

巡礼として神への祈りを捧《ささ》げ、聖遺物の探索などを行うために。

……アレクの指摘を受けて、エリカは微笑んだ。

「テンプル騎士団はそもそもキリスト教徒の聖地エルサレムへの巡礼を助けるために設立された――旅の支援者でした」

「ああ。まさに中世ヨーロッパの『探索者のギルド』だ」

「欧州各地に支部を作り、巡礼者の路銀をあずかって、どこの支部でも預貯金を引き出せるシステムも考案しました」

「金利を取る金貸し稼業が高じて、しまいには国家を相手に大金の融資まではじめた」

アレクはまとめるように言った。

「つまり近現代で言う『銀行』の先祖だ。だから草薙護堂の郎党でも、必ず君――エリカ・ブランデッリがギルドの中枢《ちゆうすう》にいると確信した。テンプル騎士団の直系で、しかも実務に長けた君なら、この大組織の仕組みを難なくデザインできる」

あえて言い切って、エリカの澄まし顔を見つめる。

否定するそぶりは皆無で、アレクは自らの正しさを確信した。

「『享楽の都』にいると予想したのは――大金の融資や投資、運用を行うなら、ここが都合よかろうと判断しただけだ。エリカ・ブランデッリは合理的だからな。最も経済活動のさかんな都を本拠地にしているはずだと」

「お誉《ほ》めにあずかり、恐悦至極《きようえつしごく》です」

謝辞の言葉を、エリカは目礼と共に言った。

「それで王子。あらためてお聞かせください」

「何だ?」

「今日はどのような目的で、こちらへ?」

「いや——《反運命の神殺し》の本命と、会っておこうと思い立ってな」

ちょうどよかったので、アレクはずばりと語った。

近頃《反運命》というフレーズが安売りされ、そのふたつ名を冠する神殺しまで幾人も現れていること。そして予言。

運命の使徒と反運命の神殺しが相争うとき、多元宇宙の混沌《こんとん》はさらに深まる——。

「オレとしては——どこか遠くで揉《も》めごとを起こされるより、目のとどく範囲内で運命サイドの勇者と反運命の神殺しを対決させてみたいのでな。当の本人にその意志があるか、まずは確認してみる気になった」

アレクの語りをひととおり聞いても。

エリカ・ブランデッリはすぐにコメントしなかった。

「運命の御子、ついに来《きた》れり——魔王殲滅《せんめつ》の勇者がまた……」

じっくり考えこみながら、つぶやいている。

巧《たく》みな話術で座を盛りあげる女主人ながら、さすが抜きん出て聡明《そうめい》な女魔術師。軽々《けいけい》に発言すべきではない問題だと悟ったのだ。

ひとまず、アレクは訊《たず》ねた。

「草薙護堂は今どこに？」

「どことは申せませんが、ある目的のために遠出しております。もどってくるのは当分、先のことになるでしょうね……」

「なるほど。——ところで、ひとついいか？」

アレクは視線をちらりと奥に投げた。

「そろそろ教えてくれ。あの男を同席させている理由があるのなら」

「……ああ。申し訳ございません。折を見て、紹介するつもりだったもので」

指摘されて、エリカは微笑んだ。

彼女の背後に、ずっと青年がひとり控えていた。背が高く、燃えるような赤毛で、申し分のない美男子であった。

人なつっこい雰囲気ながら、どこか気品がある。

しばらく前、アレクとエリカのために白ワインを給仕した青年である。

そのまま去るのかと思ったら、このテラス席に残り、エリカのうしろに控えて、にこにこ笑いながら同席していたのだ。

自分の話題になって、青年はアレクに一礼した。

「ご挨拶《あいさつ》が遅れました。レオナルド・ブランデッリと申します」

「——ブランデッリ？」

「母と父とは昔からのおつきあいだと聞いて、ぜひお目にかかりたいと駄々をこねました」

幼児でもないのに『駄々』などと言う美青年。

その口ぶりには愛嬌《あいきょう》と茶目っ気があった。きっと多くの人々に愛される好人物なのではないか——と感じつつも、アレクは首をかしげる。

「母と父？　まさかパオロ・ブランデッリの息子か。あいつ、いつのまに子供を……しかもパートナーはオレの知人だというのか？」

「いいえ。エリカ・ブランデッリと草薙護堂の息子になりますね」

「はい。うちの息子です」

「そうか草薙と君の——なにぃぃっ!?」

エリカの言葉を聞いて、うなずきかけて。

めったにないことだが、アレクは仰天《ぎょうてん》して、のけぞった。

よくよく母子《おやこ》を見つめる。妙齢の美女と美青年。同年代にしか思えない。たしかに目鼻立ちはだいぶ似ているが……。

上品にエリカは微笑んで、さらりと言う。

「くわしい経緯を話すと長くなりすぎますので簡潔に申しますと、つい最近、このヒューペルボレアで生きわかれた息子と再会できたのです」

「……まあ、オレたちカンピオーネはいつも奇妙な事件に巻きこまれるしな」

コメントをどうにかしぼり出し、切れ者の面目《めんぼく》を保ちながら。

アレクはあらためて、レオナルド青年を眺めた。

ゆったりとした灰色のフード付きローブを身につけ、地球出身者《アーシアン》というよりファンタジー映画の登場人物めいた格好である。

そして、ある点にアレクは気づいた。

「ヒューペルボレアで再会した——つまり、その息子どのは次元移動者《プレーンウォーカー》なのか？　自力か他力で世界の垣根を越えて、多元宇宙を渡りあるく……」

「ご名答です。あと、すこしだけ自己紹介を挟みますと」

レオナルド青年はさらりと言った。

「霊視術と観想術の心得もそれなりにございます」

「ほう」

レオナルド・ブランデッリ——。

アレクを神殺しと承知しながら、自然体で飄々《ひょうひょう》としている。

よほど実力と自信の裏打ちがなければ、こうはいかない。隙《すき》あらばカンピオーネ相手に軽口を叩く母親のように。

霊視の術にすぐれた者はときに予知、予言じみた真似をしてのける。

観想術に長けた者は地相を読み、人相を読み、常人の目には映らない神秘の兆《きざ》しを鋭敏に読み取って、助言や警告を発してくれる。

レオナルドは——アレク配下の《予言者》に比すべき術者なのだろう。

　この青年が次に何を言うのか。興味津々《しんしん》で待ち受ける神殺しの魔王へ、物腰やわらかなレオナルドはさわやかに言う。

「はたして、本当に父だけが反運命の神殺しなのでしょうか？」

「……テオドリックもそうだと言うのか？」

　訊ねるアレク。しかし、神殺しの息子はかぶりを振る。

「ヒューペルボレアの神域に来て以来、私はたびたび感じていたのです。この世界には〝反運命の気運〟が満ちている、と」

「気運、だと？」

「はい。多元宇宙の秩序を守る《運命》に対して、抵抗と叛逆の牙を突き立て、秩序を破壊せんとする意志。それはあの――歌う教団の音楽を聴いた人々の心からも生まれますし、あなた方カンピオーネの存在と戦いを知る者の心からも生まれます」

「…………」

「そして反運命の気運が広がるほど、ヒューペルボレアは大いなる《運命》にとってさえ扱いづらい、戦いづらい神域となり――今までの《魔王殲滅》とは、まったく展開の異なる戦い方を模索せざるを得なくなるのです」

「……その発想はなかったな」

　まさかアイーシャ夫人はそれを狙って、あんな教団を立ちあげたのか。

魔王殲滅の勇者をこれまでのようには暴れさせまいと企図《きと》して。多元宇宙で最も傍《はた》迷惑ながら、あんなにも温厚だった彼女が……。

自分の想像に納得できず、アレクは困惑した。

一方、レオナルドはやんわりと微笑みながら告げる。

「だからアレクどの。カンピオーネのおひとりである御身《おんみ》は、ここにいて、気ままに振る舞うだけで——非常に強い、反運命の気運を生み出しておられます」

「なんだと？」

「たしかに、草薙護堂は運命神を殺《あや》めし者。でも、決して父だけが《反運命の神殺し》ではないと、私には思えますねえ……」

レオナルド青年のお告げに、それなりの説得力を感じつつも。

にわかには判断をくだせない問題と直面して、アレクはつぶやいた。

「だったら草薙護堂を引っぱり出さずとも——オレ自身が《運命》と直接対決をする役回りでも、いいことになるな……」

もはや思案を重ねても、正否はわからない。

ならば、行動と実証に如《し》くはない。アレクサンドル・ガスコインは、安楽椅子の上でだけ推理にいそしむ探偵とはちがうのである。

4

「ところでエリカ」

海辺の屋敷を去る間際《まぎわ》に、アレクは女主人へ訊《たず》ねた。

神殺しの魔王を見送るために、玄関までついてきてくれたのである。

「君のことだ。もしかして、問題の《魔王殲滅《せんめつ》の勇者》についても、何か情報をつかんでいるのではないか？」

「うわさ程度の精度でよろしければ、なきにしもあらずですわ」

さすがエリカ・ブランデッリという回答。

長年、カンピオーネの介添人として実力と聡明《そうめい》さを誇示してきたエリカは、ここでもすらすらと語ってくれた。

「この地に『享楽《きょうらく》の都』を築いた地球出身者《アーシアン》のグループ……その主要メンバーが先日、急に旅立ったのです」

「どういう素性の連中なんだ？」

「神の末裔《まつえい》、力の大半を失った女神とその伴侶《はんりょ》、といったところでしょうか」

「ほう。なかなか大層な面子《メンツ》だな」

「彼らはひとりの少女を同行させていたそうですわ。おそらく地球出身者《アーシアン》で、そして日本出身であるらしい少女を。非凡な剣術の使い手で、ちょうど略奪にやってきた円卓の騎士《リチャード一世》をあっさり蹴散らしたとか」

「例の自称・獅子心王《ししんおう》か」

アレクはうなずいた。

一二世紀の中世ヨーロッパから来た〝本物〟か、そう自称するだけの目立ちたがり屋かは不明だが、『円卓の都』でも随一《ずいいち》の武勇を誇る人物だ。

にやりとアレクは笑った。

「そこで終わる話なら、たしかにうわさ程度だが。エリカ・ブランデッリの集めた情報なら、まだ続きがあるんじゃないか？」

「では、情報料を幾ばくかいただきたいところでございますね」

淑《しと》やかに冗談を言うエリカ。即座にアレクは言った。

「オレはもう、君のパートナーに代わり、《反運命の神殺し》として勇者どのと対決してみる気になっている。この一点で十分、釣り銭まで出るのでは？」

「それはたしかに」

エリカはあでやかに笑い、言いはなった。

「でしたら――『海王の都』へ行かれてはいかがでしょう。魔王殲滅の勇者かもしれない少女を乗せて、交易船がそちらへ向かっているとの情報が入っておりますわ！」

かくして、アレクはふたたび海を越えた。

神速の電光と化して、天翔《あまか》ける。やってきたのはもちろん、鉤爪《かぎづめ》諸島の西端に位置する蓬莱《ほうらい》八島《はっとう》であった。

まっすぐ本島をめざし、『海王の都』の上空まで到達したとき。

「——あれは！」

大いに栄えた都の北方に、美しいたたずまいの名峰がそびえていた。

七合目あたりから閃光が天へと駆けあがり、そのまま放物線を描きながら、島外の海へと飛翔していく！

アレクはとっさに見抜いた。

「羅濠《らごう》教主の権能《けんのう》か！　仁王尊《におうそん》のパワーを何に使った!?」

電光体となった今、アレクは自在に飛びまわれる。

しかも神速。雷そのもののスピードで、放物線を描いた羅濠教主の閃光に追いついて——あきれた。

黄金に光り輝く『掌《てのひら》』がセーラー服の女学生をわしづかみにしていた。

その掌は海面に飛び込み、少女を海の底へとすさまじい速さで運んでいく……。

「察するに、あれが《魔王殲滅の勇者》候補というわけか」

観察できたのは一瞬だけだが、アレクは気づいていた。

女学生の右手がしっかりとつかんでいたもの——それは、白金色の刃《やいば》を持つ神刀にほかならなかった。

「救世《きゆうせい》の神刀、なのだろうな……」

かつてアレクは、砕けた救世の神刀を入手したことがある。

勇者との直接対決こそなかったものの、何度もあの神刀の力や痕跡と向き合った経験もあり、だから即座に直感できた。

ともかく——

神速の電光体といえども、水中で呼吸できるわけではない。

いちばん近くにある港へとアレクは飛んだ。船を調達するつもりだった。少女が沈んだあたりの海域まで、自分を運ばせるために。

もし〝勇者〟が生きていそうなら、追い打ちをかけにいくのもいい——。

港で働くヒューペルボレア人たちは、口々にうわさしていた。

「見たか、さっきの光⁉」

「ああ！　海王さまのお住まいから飛び出していったぞ！」

「きっと海王さまがまたどえらいことをなさったにちげえねえ！　海王さま、千秋万歳《せんしゆうばんざい》！　海王さま、千秋万歳！」

「千秋万歳！　千秋万歳！」

「千秋万歳！　千秋万歳！」

海王さま──羅濠教主のことにちがいない。

あいかわらず配下や民衆に、我を讃《たた》えよと強制・教育しているのだろう。

「……あの権威主義者のナルシストめ。己《おのれ》自身をこうも声高に絶賛させて、羞恥心《しゅうちしん》というものがないのか」

ひとりごととして、アレクは毒づいた。昔から彼女のやり口には批判的なのだ。

ともあれ『万歳コール』が収まるのを待って──

アレクはおもむろに呼びかけた。

「誰か！　あの光が落ちたところまで船を出して、オレを運べ！　頼まれてくれた者には黄金を革袋ひとつ分、進呈するぞ！」

「な──なんだってえっ!?」

まわりの船乗り、漁師たちが目の色を変えた。

次々と『うちの船に乗れ』『いや、うちのだ！』と押しかけてくる。さて、誰がいちばん気の利《き》きそうなやつだろうと、アレクが品定めをはじめたら。

「お兄さん♪」

「おまえも船を出してくれるのか？」

声をかけられたので、アレクは訊ねた。

美男子だが、軽薄そうな顔つきの若者が目の前にいる。しかし、この都の地元民にはとても見えない。

地球から持ちこんだのであろうジャケットとTシャツを着た東洋系。

黒髪を明るい色に染めているようだ。愛想よく、愛嬌《あいきょう》にあふれ、いかにもおしゃべり好きという笑顔の地球出身者《アーシアン》――。

その若者はにこやかに言った。

「残念。その辺で借りてこないと船はないんだ」

「なら、貴様に用はないな」

アレクは突き放した。しかし相手は動じない。

「そう言わないで。僕は六波羅蓮《ろくはられん》。あなたと同じ、地球から来た人間。同郷のよしみで仲よくしてほしいなあ」

「バカなことを。その程度、地縁にもコネにもならん」

「まあまあ。お兄さんはどうして、さっきの光を追いかけたいの？」

「捜し物をする。海に沈んで水死したなら、まあいい。それこそ運命の定め給《たも》うた結果というやつだろう。だが命長らえていたなら――さて、どうしたものかな？」

「ふうん」

六波羅蓮はしげしげとアレクの顔を見つめた。

「海に落ちたのが『生きた人間』だとわかってるあたり、やっぱりお兄さんは『ふつう』じゃないんだねえ」

「そう言う貴様はどうなんだ、地球出身者《アーシアン》？」

「いやあ。僕は逃げ足以外に取り柄のない、見てのとおり『近頃の若いやつ』だよ」

アレクに問われて、六波羅蓮はにこにこと言った。

「ただ、海に沈んだ娘たちは、一心同体の身内なんでね。今、向こうは厄介な感じで取りこみ中だから、余計なちょっかいは出さないであげてほしいなーって」

「ほう」

アレクは目を細めた。

「貴様こそ陸にいながら、海に落ちた仲間の状況がわかるのか？」

「あはは。そんな気がするだけ。虫の知らせ、ってやつ」

「察するに――『享楽の都』創設者のひとりのようだな。どうして《魔王殲滅の勇者》などを連れ歩いているかは知らんが」

「うわ。お兄さん、その言葉まで知ってるんだ！」

見るからに軽薄な六波羅蓮、まだまだおしゃべりをやめそうにない。

だんだんアレクはめんどくさくなってきた。この妙になれなれしい若者、いよいよ前のめり

になって、話しかけてきそうな感じなのだ。

――河岸《かし》を変えるか。この場を駆け去って、どこかよそで『船』を探そう。

アレクは神速を発動させた。

……はずだった。

「なに？」

「どうしたの、お兄さん？　あ、そろそろ名前を教えてほしいなー」

権能《電光石火《ブラック・ライトニング》》を起動させれば、アレクは神速の世界に入り込める。

周囲の動きが全てスローモーションになり、自分だけがふつうに動ける。そのなかでアレクサンドル・ガスコインは自在に駆け、飛びまわる。

しかし今――神速の世界がはじまらない。

もう二〇年近くも使いこなしてきた権能だというのに、こんな現象は初めてだった！

アレクはすぐさま六波羅蓮を凝視《ぎょうし》した。

「……なるほどな」

「何に納得してるのか、わからないけど。僕とおしゃべりしてくれる気になった？　よかったら、今度こそ名前を教えてよ」

「アレクサンドル・ガスコインだ。聞き覚えはないか？」

「たぶん、初耳。でも、もう覚えたし問題ないよ。長いから愛称で呼びたいな。アレとかアレクとかアレックスになるのかな？」

「アレクでいいぞ。そして仲よくはなれんだろうな、決して」

「えっ、どうして？　僕、自分で言うのもなんだけど友達は多い方でね♪」

「オレたち同族同士が出会えば、たいていは揉《も》めごとになる。そこから争いになり、戦闘、決戦になるまで半日もあれば十分だ」

つらつらとアレクは語った。

「それがカンピオーネ、神殺し共通の病《やまい》というものだ。六波羅蓮、オレの『足』を封じている貴様の権能、相当に興味深いぞ」

「あ、いやあ――さすがにバレるか」

事ここに至って、六波羅蓮はなんとも可愛い感じでウインクした。

「実は昔、僕もアレクと似たようなのが使えてね。すごい速さで動けるやつ。だから……動き出す気配が伝わってきたから」

ぺろっと舌まで出して、若きカンピオーネは告白した。

「ちょっと邪魔させてもらっちゃった」

「……いいだろう」

英雄界ヒューペルボレアの片隅で、新たな同族と邂逅《かいこう》して。

アレクの好奇心と闘争心に火がついた。六波羅蓮へ、高らかに言いはなつ。

「海に落ちた勇者とやらの前に、まず貴様の正体を調べることにしよう！」

「ははっ。僕なんか調べても何も出てこないよ！」

アレクサンドル・ガスコインは神速のカンピオーネである。

だが、こうまで自慢のスピードを封じられた経験は、過去に皆無であった。

幕間4

――interlude 4――

◆エリカとレオナルド母子、海辺の屋敷で語らう

「でも母上。よかったのですか？」

黒王子アレクが去ったあと、海辺に建つブランデッリ家の屋敷では。

見栄《みば》えのよい、さわやかな容姿の若者に成長した息子レオナルドが、同年代にしか見えない母へ訊《たず》ねていた。

「アレク王子に六波羅蓮《ろくはられん》どのの正体を教えなくとも……」

「もちろん。あの方にね、たぶん事前に教えていたら、むしろ憮然《ぶぜん》とされたわ」

エリカはあっさり答えた。

「せっかく面白そうな謎だったのに、どうして教えてくれた――とは口に出さなくとも、心のどこかで思われたでしょうね。そういうひねくれた御方なのよ」

「そういえば、六波羅どのの陣営にも」

にこにこと笑い、レオナルドは付け足した。

「ブランデッリの家名を持つ若者がいましたね。もしかすると、私たちの知らない血族が神域の門を開いたのかと思うと……なかなかに楽しい」

「あなたはいつもそうね。感心してしまうわ」

機嫌のよい『息子』を見つめて、エリカはつぶやいた。

「どんなときでもよかった探し、楽しみを見つけ出して……。ただ、あの六波羅蓮というカンピオーネ――わたしたちの護堂《ごどう》は苦手みたい」

「へえ、父上が!?」

「厳密に言うと、彼、護堂を手玉に取るのが得意なようね。いっしょにいると、若い女の子に振りまわされる中年男性のように翻弄《ほんろう》されているわ」

「ははははは。むしろ見てみたいですよ、その光景を」

レオナルドは快活に笑い、海の向こう――遠くへと視線を転じた。

「アレク王子と六波羅どのの相性は、いかがなものでしょうね？」

「神速の権能《けんのう》をお持ちの方と、得体の知れない権能を隠し持つ六波羅蓮……。実はそのあたりをアレク王子に解明してもらえれば僥倖《ぎょうこう》だと期待しているのだけど」

くすくすとエリカは微笑んだ。

「はたして、わたしの期待どおりに転がるかどうか――王子のお手並み拝見ね！」

「ところで母上。モニカから連絡が入りました」

紳士として訓練された優雅さで、レオナルドはさらりと報告した。

「父上は無事に救世《きゅうせい》の神刀──その一振りを入手されたそうです。この後は『この世の果て』を予定どおりにめざすとのことで……」

「……まずは第一の関門をクリア。今度の旅はどういう結末を迎えるのかしらね?」

この場にはいない最重要人物。

草薙《くさなぎ》護堂とその『娘』のことを想い、母子《おやこ》は空を見あげた。

第五章

運命の御子、師の真名を唱える

1

オーラの掌《てのひら》につかまれたまま、物部雪希乃《もののべゆきの》は海底に沈んでいった。

意識を完全に失いながらも、右手は救世《きゅうせい》の神刀《建御雷《タケミカヅチ》》を強くにぎりしめたまま。決して手放さない。

地味ながら、さすが剣神の申し子という離れ業《わざ》だった。

だが意識不明である以上、為す術《すべ》なく海流に流されていくしかない。そんな雪希乃を手厚く守護するものが――その身に宿っていた。

（神水清明《しんすいせいめい》、神水清明、神水清明！）

霊体となり、雪希乃と一体化した鳥羽梨於奈《とばりおな》。

青い鳥の姿に封じ込められても、尚、稀代《きたい》の陰陽師《おんみょうじ》であった。

溺死《できし》・窒息死《ちつそく》・水圧や低体温によるダメージなどの水難諸々《もろもろ》から宿主《しゆくしゆ》を守護すべく、術を尽くして、ひたすら『水』の加護を願っていた。

そして、その霊験《れいげん》はたしかにあらたかで――

海流に流されながらも沈みつづけていた雪希乃の体、ついに海の底へ到着した。輝くオーラの掌も消滅し、解放もされた。

そこは海底でありながら、石畳が敷きつめられ、道路となっていた。

石造りの建物も無数に建っている。海に沈んだ――旧文明の都市であった。

（これはたぶん、水神さまのお導き！）

雪希乃の体内に宿った鳥羽梨於奈の魂魄《こんぱく》、にわかに歓喜した。

念力を発して、流されるままだった宿主の体を動かす。〝見えない腕〟で荷物を運ぶようにして。

動かした先は、その辺にあった小さな家のなか。

ドアはなく、もちろん屋内にも海水が充ち満ちていた。

（――我が息は神の御息《みいき》なり。御息を以《もつ》て吹けば、阿那清々《あなすがすが》し！）

梨於奈は息吹《いぶき》の言霊《ことだま》を唱え、膨大《ぼうだい》な量の空気を生み出した。

……雪希乃がめざめると、そこはどこかの家であった。

ただし、ガラスのない窓や開け放した戸口の外には、青い海水がなみなみとたたえられており、そこが水中であることは一目瞭然《いちもくりようぜん》であった。

なぜか家の内側にだけ空気が広がり、海水の侵入を許していないのである。

支障なく呼吸もできる。また屋内はそこそこあたたかく、小休止にはもってこいの場所だと言えた。

「ど、どういうこと!?」

雪希乃はあわてて跳ね起きた。

家の床にはタイルを敷きつめてあり、水気はなく乾いていた。

（目が覚めましたか）

「お姉さま！　お姉さまが助けてくださったのね!?」

（ま、そういうことです。水難除《よ》けの術を使いまくって、ここにもぐり込んだあとはどうにか生存可能な環境をととのえて……一苦労でした）

「ありがとう！　それで――お姉さま自身はどちらにいるのかしら？」

きょろきょろと雪希乃は見まわした。

どこにも〝青い鳥〟アオカケスの姿はない。そして、お姉さまの声――いや、思念は雪希乃の心へダイレクトに伝わってくる。

（まだ雪希乃と同化したままなんですよ。自覚ないようですけど、お師匠さまの技を三発も喰

らって、結構ボロボロに傷《いた》んでますからね)

「私の体がってこと？　その割にあんまりつらくないわ」

雪希乃は自身の体をあちこちさわってみた。

ちなみにセーラー服はすっかり乾いていて、不快感は皆無だ。お姉さまが水気を飛ばしてくれたのだろう。

「そうね。ちょっと打ち身で胸とか手足とか腰がズキッとしてるくらい」

(わたしが雪希乃の体に宿っているからですよ。《スーパーサイヤ人の術》の応用です。前回パワーアップしたみたいに、今回は『殺しても死なないほど頑丈で生き汚い生命力』を一時的に借りて、傷薬の代わりにしています)

「そんなこともできたなんて、すごいわお姉さま！」

梨於奈の種明かしに、雪希乃は喝采《かっさい》した。

「でも、せっかくだから、ちゃんとお姿を見て、おしゃべりしたいわね……」

(まあた贅沢《ぜいたく》な注文を……。ま、できなかないですけど)

目の前に、おなじみのアオカケスがぱっと現れた。

ただし、実体はない。いつもの姿の幻影を出してくれたのである。しかし、雪希乃はすこしがっかりした。

「どうせ幻なら、お姉さま本来の――人間のお姿でよかったのに」

（あー。そう言われれば、たしかに。わたしとしたことが失態でした。じゃ、プロフィール画像を変更で……あれえ？）

「鳥さんのままだわ、お姉さま」

（何でか『人』のときの幻が創れないんですよ。とりあえずこのままで）

青い鳥の幻影に言われて、雪希乃は話題を変えた。

「とにかく《スーパーサイヤ人の術》が復活したのは朗報だわ。私の傷が治ってきたら、すぐに地上へもどってリベンジしましょう！」

（お、思ってた以上にめげない娘ですねえ……）

青い鳥の幻影がため息をつくようにうなだれた。

憂鬱《ゆううつ》そうな思念も伝わってくる。

（同じことを繰りかえさないためにも、さっきの一戦を振りかえりましょう。なんでか途中で雪希乃がパワーアップしましたね。お師匠さまがたしか《盟約の大法《だいほう》》とか言ってたような気も——）

「言ってたわ！　どういう法なのかはちんぷんかんぷんだけどっ」

（その大法とやらを自由に使えれば、すこしは勝機ありです。何がトリガーになったのでしょうねえ……）

お姉さまに言われて、雪希乃はハッとした。

「あのときは桃太郎《ももたろう》先生のことを思い出してたわ！　武芸のお師匠さま！」

（ほほう。どんな人なんです？）

「強いのはもちろんだけど、人柄が——すばらしいの。やさしくて誠実で、知的でユーモアもあって、真剣になったときはとても凛々《りり》しくて、頼りがいがあって」

（じ、女子が理想とする少女マンガの男キャラみたいですね）

「と－んでもないわっ。先生はね、そりゃあ超絶お美しい男性だけど、でも少女マンガじゃダメよ。もっとこう、波瀾万丈《はらんばんじょう》で血湧き肉躍《おど》るようなバトルものの主人公じゃなくっちゃ！友情・努力・勝利の路線よ！」

そう。最後に桃太郎先生が明かしてくれた秘密。

彼はかつて《魔王殲滅《せんめつ》の勇者》と呼ばれた軍神、最強の戦士なのだから。

師・護堂《ごどう》桃太郎とその弟・次郎《じろう》さん。美しき双子の兄弟を思い出して、雪希乃はつい熱く語ってしまった。

「そうそう。先生そっくりの弟さんもいて、ふたりでならぶとすごく絵になって——」

（んっぴぃぃぃぃいっ！　自慢ですか、それは!?）

なぜか梨於奈がいきなり怒り出した。

（こちらの師匠ときたら、パワハラ上等の体罰、死の特訓と、悪い意味で何でもありの極悪先生だってのに！　雪希乃はそーんなお花畑な環境で蝶よ花よとイケメンティーチャーズにチヤホヤされながら鍛えてもらったと!?)

「じ、自慢する気はないけど、たしかによくしてもらったわね……」

(ん――っぴぃぃぃぃぃぃっ！)

「でもお姉さま！　羅濠《らごう》教主だって、そう悪い先生だとは思わないわ！」

雪希乃は思うところを素直に言った。

「あれほどの武術を身につけた――うちの桃太郎先生に近いレベルの人よ。兄弟子の人もすごい使い手だし。そりゃ厳しいんだろうけど、特訓だって、きっと意味のないパワハラじゃないと思うの」

(く……っ。これだから体育会系の脳みそ筋肉ちゃんは……)

くやしそうな青い鳥の幻影に、雪希乃は微笑みかけた。

「まあまあ。――そうだわ。いい機会だし、お姉さまも鳥さんの呪いをかけられたときのこと、振りかえってみたら？」

(へっ？)

「呪いを解くヒント、あるかもしれないわよ？」

剣神の申し子・物部雪希乃とて、ただ闇雲に剣術を錬磨したのではない。

他人が鍛錬する姿を参考に、あるいは反面教師にして、糧《かて》とした。まったくジャンルちがいでも、武術以外の達人が説く教えにヒントを見出《みいだ》した。

その稽古《けいこ》の意味を考え、あるいは感じとって、上達を早めもした。

雪希乃の提案に――青い鳥の幻影は答えた。

（実は……覚えてないんです）

「えっ!?」

（一〇カ月くらい前でしたか。ちょうど『海王の都』へ来ていたときで、前後の記憶がやけに曖昧《あいまい》で――。何でか意識を失って、起きたら鳥になっていました）

珍しく青い鳥＝梨於奈が『しゅん』としていた。

かわいそうになって、雪希乃は言った。

「もしよかったら――私が思い出させてあげましょうか？」

（へっ？　雪希乃が？）

「ええ。これでも神裔《しんえい》のはしくれ、剣以外にもふつうの人にできないことだって、ちょっとはできちゃうんだから」

スカートのポケットから、折りたたみ式のナイフを取り出した。

戦闘や護身用ではなく、野外活動で何かと重宝しそうだと、持参した品だ。刃を出して、青い鳥に突きつける。

「刃の部分をよく見ててね。心を楽にして……」

自分自身もそのとおりにしながら、雪希乃はささやいた。

ナイフの刃に――妖《あや》しい光が浮かびあがる。その輝きを見つめるうちに、対象者はだんだんと眠くなり、催眠状態に陥《おちい》るはずなのだ。

雪希乃は『催眠療法』を試みるつもりだった。

うつらうつらした対象者に質問を投げかけ、潜在意識に残った記憶を呼び覚ましてみるというもの。

前にも不眠症になった友人・留美《るみ》ちゃんにかけてあげた。

あのときはみごと成功し、彼女がずっと心配していたプライベートな問題を聞き出し、覚醒後に助言したのだ。

ただ問題は、鳥羽梨於奈のように『我《が》の強い神裔』には効きづらいことだが。

（あー……なんだか眠くなってきました……）

杞憂《きゆう》だった。意外なほどにすんなり成功――

と安堵《あんど》した瞬間、雪希乃も眠くなってきた。意識がどんどん遠くなる。

そういえば、青い鳥の姿はあくまで幻影。梨於奈の魂はあくまで雪希乃の体に同化したままなので、こちらも引きずられてしまう。

自分自身の催眠術にかかって、雪希乃は『すやーっ』と眠りはじめた。

2

……一〇カ月ほど前、鳥に変化《へんげ》させられた日。

鳥羽《とば》梨於奈《りおな》はひとりで〝お師匠さま〟の邸宅に忍びこんでいた。それもわざわざ幽体離脱の術を使い、魂魄《こんぱく》のみの存在となって。

(お姉さまはどうしてこんなことをなさってたの?)

(このときはたしか……お師匠さまが〝ある重要人物〟を家に招いたと聞いて、何を話すのか、探りにきたんですよ。で、どんなに隠密行動を心がけても、羅濠《らごう》教主って人はすぐに気配を察知しちゃうバケモノですからね。思い切って実体は置いてきたわけです)

魂魄のみとなった『過去の梨於奈』が邸内をふらふらしている――。

その情景を、眠れる女子高校生ふたりが夢に見ていた。

催眠状態に陥《おちい》った雪希乃《ゆきの》と梨於奈である。眠りながらもふたりの意識は鮮明で、しかも、ひとつに溶け合っていた。

テレビでも見るように同一の夢を体験しつつ、意思の疎通までできてしまう。

雪希乃の体に梨於奈の魂が宿ったまま催眠状態となった結果、このような次第となったのである。

女子ふたりの意識が見守るなか、『過去の梨於奈』は羅濠教主を探す。

しばらくして、庭園に設けられた池の前で――ついに見つけた。

「ひさしぶりだなあ、姐《ねえ》さん」

「おまえも壮健そうで何よりです。我が義弟《おとうと》よ」

あいさつを受けて、おなじみの羅濠教主がなんと微笑んでいた。

だいぶ機嫌が麗《うるわ》しいらしく、相手が〝お気に入り〟なのだと一目でわかる。

池のほとりで彼女と向き合う人物は――マウンテンパーカを着た地球出身者《アーシアン》だ。黒髪のアジア人。親切そうな印象の青年だった。

（羅濠さん、今『おとうと』って言ったわよね、お姉さま！）

（ええ。このふたりがまさか義姉弟の契《ちぎ》りを交わした仲だなんて、当時はまだ知らなかったから――わたしも仰天《ぎょうてん》しましたねえ）

夢見る女子二名、黒髪の『一見、好青年』に注目していた。

（実はこのお兄さん――草薙《くさなぎ》さんと、わたし、面識があって……）

（神殺しのひとりなのね！　さっき教主が言ってたもの！）

（あれですね。『我が義弟が魔王殲滅《せんめつ》の勇者を破った』云々《うんぬん》。わたしも初耳だったのでこれまたビックリでした。ま、地味顔の割にやることなすことハチャメチャだから、只者《ただもの》でないのは百も承知でしたけど――）

（でも、きっと相手は同じくらい地味目の勇者さまだったと思うわ）

（魔王殺しの勇者って時点で、十分以上に派手ですけどねえ）

（とんでもないわ、お姉さま！　わたしの先生——桃太郎《ももたろう》先生も《魔王殲滅の勇者》だったそうだけど、たぶん勇者業界ではぶっちぎりで人気実力ナンバーワンだったはずよ。あの『草薙さん』みたいに地味な人じゃあ、勝ち目ないと思うの♪）

（ゆ、雪希乃の先生も《魔王殲滅の勇者》だったんですか!?）

（ええ。先生はまだ生きていらっしゃるから、神殺しに負けないまま全ての魔王を退治して、引退なされたはずよ。今は隠居暮らしだとおっしゃってたし）

夢見のなかで語らう女子たちをよそに——

神殺しの義姉弟は再会と、たがいの健在をよろこび合っている。

しかし、唐突に羅濠教主が眉をひそめた。右をにらみ、左をにらみ、次いでおもむろに右手を前方へ突き出して、

「哈《ハ》ッ！」

と、気合いを発した。

すると『どさっ！』と物音がして、やにわに『過去の梨於奈』が現れた。教主がかざした掌《てのひら》の前方に——。

（ど、どうしちゃったの、お姉さま!?）

（結局、お師匠さまはわたしの霊気に気づいてしまったんですよ。しかも幽体離脱の術を破ると同時に、都の方に置いてきた実体まで引きよせて――まあバケモノですよねえ……）

実体化した『過去の梨於奈』が平身低頭している。

ブレザーの制服がよく似合う。雪希乃と同じ高校生なのだ。

「お師匠さま！　どうか今回だけ、特別にお目こぼしを――！」

「まったくおまえは……。わたくしの直弟子《じきでし》である誉《ほま》れと責任、いまだ理解していないものと見えます。心がととのっていれば、おのずと然《しか》るべき振る舞いとなるでしょうに。恥を知りなさい！」

「あ痛あっ！　いやあ、草薙さんと何の話をするのか気になって……」

叱責《しっせき》の言葉が軽い衝撃波となり、『過去の梨於奈』の額《ひたい》をデコピンする。

しかも、美しき神殺しの妖女は婉然《えんぜん》と笑った。

「だが、ちょうどよくもある。おまえをさらに鍛えるため、よい修練の法を思いついていたのです。ひとつ仕込んであげましょう……」

「じ、冗談じゃないですよ、『享楽の都《きょうらくのみやこ》』もいろいろ発展中でいそがしいのに!?」

師の言葉に『過去の梨於奈』はのけぞり、拒絶反応を示していた。

一方、このやりとりを前にして、『草薙さん』が言う。

「すごいな君！　姐さんの直弟子だったのか！　まさか鷹化《ようか》以外のやつを弟子に取るなんてな

あ。とんでもない逸材ってことだぞ、それ」

「つ、積もる話はあとでいいですかっ。今は逃げるが勝ち——きゃあああああっ!?」

せっかくの賞賛も右から左に聞きながして。

『過去の梨於奈』は術を使い、全身から青い飛翔の光を発した。飛び去るつもりだったのである。しかし。

羅濠教主は「疾《チ》ッ！」と短く言霊《ことだま》を唱えた。

たちまち『過去の梨於奈』の体は縮み、青と黒の羽毛につつまれて、アオカケスの姿形に変化してしまった。

ぱたっ。こてんと倒れて、青い鳥のまま目を回している。

「おい君！　梨於奈って言ったか——うわ。ひどいな、こりゃ」

心配した『草薙さん』がアオカケスに歩みよっていった。

対して、羅濠教主は微笑みながら告げる。

「ふふふ……梨於奈よ。おまえが成長著《いちじる》しいことは朗報なれど、まだまだ高みをめざせるはずです。わたくしの呪詛《じゅそ》を自力で打ち破ってみせなさい」

「いや姐さん。修行だからって、これはいくらなんでもやりすぎだ」

「試練をあたえるのも逸材なればこそ。感じませんでしたか？　この娘、すぐれた才と覇気を持つのはよいが、いささかそれに溺《おぼ》れすぎると——」

「あー……まあ女王さまではあったな……」

「天威変化《てんいへんげ》の術をもって、本来の姿と能力を封じました。何かと不自由な体となって尚、強い己《おのれ》を保てるか。そこを超えられるかが、鳳雛《ほうすう》のまま小さくまとまるか、人中の鳳凰《ほうおう》として大成するかの分かれ目となるでしょう」

「ああ、あれか」

義姉《あね》の言葉に『草薙さん』がうなずいた。

「神様たちの強さは結局のところ、自我、アイデンティティの強さに比例する――ってやつだな。天地を滅ぼしてでも、自分の欲《ほっ》するところを貫き通せるか、どうか」

「さすがは我が義弟、察しがよい」

「この子も半分くらいは神様みたいなもの、強い神霊だから同じってわけだ」

「逆に、ちっぽけな姿形にひきずられて、自我を失うようであれば、もはや成長の見込みはありません。あわれな小鳥として生を終えるのもよいかと……」

「そこはきっちり助けてやれよ、姐さん」

……………………。

…………。

……ずっと目を回していたアオカケス＝『過去の梨於奈』。義姉弟《ぎきょうだい》の会話を聞きながら、ついに意識を完全に失い、昏倒《こんとう》してしまった。

ハッと雪希乃は覚醒した。

お姉さまの潜在意識に残っていた記憶の夢は終わり、ふたたび海中に沈んだ家のなか。鳥羽梨於奈の術で仮設された安息地だ。

見れば、アオカケスの幻影が消えていた。

代わりに、雪希乃の内側から『念』が伝わってくる。

（わたしの自我の強さを試す……そういう試練だったんですか）

「そうみたいね――って、お姉さま！　だとしたら、だいぶまずいわ！」

いっしょに覚醒した梨於奈の魂は、いまだ雪希乃と同化したまま。

自身の内部に向けて、熱く訴えかける。

「お姉さまったら、最近ずいぶんと鳥っぽいもの！　しかも、さっきなんて人間としての姿を幻でも出せなくて！」

（あ――あれって、そういうことですか！）

「実は催眠術をかけるときも不安だったの。意志とか我《が》の強い神裔《しんえい》の人には、かかりづらい術だからって。でも、お姉さまったら意外なくらいにあっさり眠ってたし。たぶん、悪い意味で我が弱くなってるんだわ」

（んっぴぃぃぃぃぃぃっ！）

今度は愕然としたお姉さまの恐怖、焦《あせ》りが伝わってきた。

（わたしの人間としての自我とか人格が崩壊しかけている証《あかし》!?　ち、ちょっと本当の自分を取りもどさないとまずいですよ、わたし！）

自分自身へ、梨於奈の魂が呼びかける。

（かりそめの姿にひきずられて自我崩壊なんて大失態、鳥羽梨於奈さまにはふさわしくないバッドエンドです！　どうにかして人間にもどるには——には……）

「がんばって、お姉さま！」

（……………ありがたい声援です、雪希乃。ついでに——）

不意に、お姉さまの思念が研ぎすまされた。

今までより鋭気が増し、凛《りん》として、いかにも切れ者めいていた。たぶん、何か起死回生の策を思いついたのだ！

（手伝って——いえ、貸してもらえると助かります。いきますよ）

「ええっ!?」

雪希乃の頭と心に、ある場面が流れこんできた。

さっき夢で見たばかりの美少女、鳥羽梨於奈の〝真の姿〟である高校生女子が年配の男性と向き合っている。

『神武《じんむ》東征の昔話をご存じですか？』

『これでもわたし、神が地上に遣《つか》わした存在なのです。いわば天使の同族。悟りを開けばイエス・キリストも夢ではないかも』

『天照大神《あまてらすおおみかみ》に命じられて、神武天皇を守るため八咫烏《やたがらす》に化身《けしん》した――神です。安倍晴明《あべのせいめい》の師・賀茂忠行《かものただゆき》を輩出した賀茂氏の祖先でもあります。わたし、前世はどうも、この神様だったようなのです』

なんてこと。雪希乃は賛嘆《さんたん》した。

お姉さまったら、とても凜々《りり》しくて、上品で、超素敵だわ、と。

自分より遥《はる》かに歳上の男性、それもかなりの地位にあるらしい人物を知的かつ華麗な言いまわしで翻弄《ほんろう》し、圧倒している！

そして、雪希乃は気づいた。

今までは、セーラー服を着た物部《もののべ》雪希乃がここにいた。

だが今、海底の安息所にひとり立つ少女は――ブレザーを身につけていた。

髪型もポニーテールではない。ゆるやかにウェーブしたロングヘア。雪希乃は『外』に満ちている海水を見て、驚いた。

水の壁に映った自分の顔。際立《きわだ》った美貌である。

それは――夢で見た鳥羽梨於奈の顔そのものだった。

雪希乃とはあまり縁のない『優美』『知的』な雰囲気をそなえ、女王のごとき風格まで身につけている。

変身を遂《と》げた雪希乃、自分のものではない唇でつぶやく。

「これって、どういうこと!?」

(姿形に引きずられるなら、それもよし。ちょうど都合のいいことに、今は雪希乃と同化していますからね。人間の肉体を持つ物部雪希乃にひきずられながら、この体に変化《へんげ》の術をかければ——麗しの梨於奈さまのできあがりです)

「そんな手があったのね！」

(でも、これはまだ一時的な変身。人である雪希乃の魂とわたしの魂を和合させ、同調と共鳴をうながして……)

人としての己自身を取りもどします。

お姉さまが宣言した直後だった。一度、雪希乃の視界が真っ暗になり、さまざまな声と情景が次々と見えてきた。

——なぜか全裸となった鳥羽梨於奈が決然と言いはなつ。

『黄泉《よみ》より死人を呼びかえす秘儀《反魂《はんごん》》。安倍晴明にできて、鳥羽梨於奈にできないはずはありません！』

——黄金の霊鳥《八咫烏》が空より火の言霊を振りまいている。

『神火清明《しんかせいめい》——諸々《もろもろ》の禍事《まがごと》、火の祓《はらえ》にて御祓給《みそぎたも》う！』

——白い着物を着た梨於奈が誰かにのしかかり、ささやきかけている。

『わたし、もっと強い存在でないといけません。……女神イザナミにも屈しない女王としての力、授けていただけますか？』

和合。同調。共鳴。

物部雪希乃と鳥羽梨於奈、ふたつの魂魄《こんぱく》が重なり合っていた。たがいにたがいを支え、高め合おうと心を燃やしていた。

（お姉さま！　雪希乃の魂と体が力になるなら、いくらでも使って！）

（助太刀《すけだち》、感謝します！　わたしは鳥羽梨於奈——当代最高の陰陽師《おんみょうじ》で霊鳥《八咫烏》の生まれ変わり！　いくつもの神域を渡りあるいて、神々とも、神殺しの魔王とも戦ってきた人中の鳳凰にほかなりません！）


海底に沈んだ先史文明の都市遺跡。

古代の家々が墓標のように立ちならんでいる。そのひとつが木《こ》っ端微塵《ぱみじん》に砕け散り、金色《こんじき》に輝く霊鳥が飛び出してきた。

日本神話に顕《あらわ》れる太陽の精。導きの鳥《八咫烏》。

梨於奈と雪希乃がひとつに溶け合い、さらに変化を遂げた姿であった。

もう一〇カ月以上も封じられていた——鳥羽梨於奈の本地。今、輝く霊鳥のくちばしからは覇気あふれる少女の声がふたり分もこぼれ出る。

「今こそ地上にもどって、お師匠さまと決着をつける時です！」

「ええ！　まかせてちょうだい、お姉さま！」

「ただ、その前に——六波羅《ろくはら》さん、うちの婚約者の手助けをしますよ！　向こうも今、厄介事に巻きこまれているようです！」

「えっ、あの六波羅くんが!?　どうして!?」

復活を遂げた少女と、それを助けた少女。

ふたりの魂を内に秘め、霊鳥《八咫烏》は海水を突き破りつつ、遥か頭上の天空めざして、駆けあがっていく。

……それと同じ頃、地上ではまたべつのせめぎ合いが発生していた。

すなわち、六波羅蓮《れん》とアレクサンドル・ガスコインの静かで奇妙な攻防であった。

3

紺碧《こんぺき》の海を帆掛《ほか》け船が往《ゆ》く。

すこし前、『海王の都』の港より出航した木造船は黒王子アレクが雇ったもので、船首から船尾まで五メートル程度と小型である。

その船体よりも大きな帆が風をはらみ、順調に進んでいる。

めざすは、ふたりの少女が沈んだとおぼしきあたりの海域であった。

港の荷運びを請け負う水運業者から、船頭ひとりといっしょにアレクが借り受けた。しかし、もうひとりの神殺しも同乗していた。

「さて、ただ運ばれているだけでは芸がない」

海の潮風を浴びながら、アレクは言った。

船中にしつらえられた座席に腰かけ、対面にすわった六波羅蓮《ろくはられん》を見据えている。

「目当ての場所へ着くまでに、貴様のあやしい権能《けんのう》を解明してみよう」

「おっ。もしかして、力ずくで僕から聞き出すつもり？」

にこやかに蓮が合いの手を入れた。

「できれば、お手やわらかにしてほしいなあ」

「その手の野蛮な聞き取り調査は、趣味ではない。第一、貴様もカンピオーネのひとりなら、おとなしく拷問される手合いでもないだろう？」

「言ったじゃない。僕、逃げ足の速さ以外に取り柄はないって」

「ふん、言ってろ」

若きカンピオーネの言い草を、アレクは鼻で笑った。

「オレの使う神速は——とある電光の神から簒奪《さんだつ》したものでな。加速するときに、体を稲妻そのものへ変化させることもできる。だが」

アレクはすばやく人差し指を横に振った。

本当なら手の動きは神速となり、手首から先が電光化するはずだった。だが何も起こらず、ただ指を振っただけで終わった。

「みごとに封じ込んであるな。では――」

精神集中し、アレクは我が身に宿る呪力を高めていった。

カンピオーネの特権のひとつ、魔術・呪詛《じゅそ》の類《たぐい》へのきわめて強い抵抗力をこうすることで高められるのだ。

左手の人差し指、その指先がバチバチと放電をはじめた。

雷と神速の権能《けんのう》《電光石火《ブラック・ライトニング》》を封じた力が――すこしずつゆるんできた証《あかし》。

だが、すかさず蓮が言った。

「船の上で火遊びなんてダメだよ。危ないな」

「ほう」

アレクの指が放電をやめた。

ゆるみかけた神速の封印が締めなおされたのだ。

「なるほど……。貴様の権能は――カンピオーネであるオレにさえ悟らせないまま、発動できるのだな！　しかも、相当に気合いを入れないと、抗《あらが》うこともむずかしい。まったく厄介な力を手に入れたものだ！」

カンピオーネ相手に術を効かせたい場合、よい方法がひとつあった。

体内へ直《じか》に魔術をかけるのである。呪詛を口うつしで吹きこむ、魔法薬を飲ませるなどの手段で。

六波羅蓮の権能、さすがにそこまでの強さでアレクを苛《さいな》んではいない。

もしそうなら、一時的にでも『封印』がゆるむことさえないはずだ。しかし、どういう手段をもってか、少量の毒でも盛るようにして、じわじわアレクサンドル・ガスコインを蝕《むしば》んでいるのは明らかだった。

「では、その『毒』をいかにしてオレに投与しているのか……」

「ははははは。毒かあ。上手《うま》いこと言うなあ」

「そして、この『毒』は神速以外の権能を封じてはいないらしい」

アレクはちらりと、視線を脇に向けた。

小さな帆掛け船は沖合までやってきていた。船縁《ふなべり》の向こうに広がる海面——青い水のなかを黒く、大きな影が横切っていく。

六波羅蓮もそれに気づいて、苦笑いした。

「昔、ホエールウォッチングで見たミンククジラを思い出すな。ちょうどあのくらいのサイズだったんだけど……やっぱり、クジラじゃないようだね」

こちらの顔色をうかがいながらの確認。

アレクは澄まし顔で認めた。

「ああ。船が沈むといけないからな。念のため、泳ぎの達者な送迎役を呼んでおいた」

影だけならば、たしかに体長七、八メートルの大型哺乳類にも見える。

が、その正体は――蛇の下半身と鳥類の翼を背中に生やした女妖《めよう》。アレクが権能《無貌の女王》で呼び出した眷属《けんぞく》である。

顔を誰かに目撃されると、消滅するという縛りはあるものの。

それ以外はほぼ万能。陸のみならず、空にも水中にも駆けつけ、アレクの指示を遂行してくれる。使い勝手のよいしもべであった。

そう。神速の権能《電光石火》のほかは、おかしなところは何もない――。

「では、いかなる性質の能力によって、オレの神速は抑えられているのか？　さっきも問題にした『毒を盛る方法』ともども確認してみたいところだな」

「どうやって？」

「まずはこうだ」

のほほんと構えた蓮へ、アレクはやにわに仕掛けた。

ふところからアンティークペンを取り出し、棒手裏剣のように投げたのだ。金属のペン先をインクにひたして、文字を書く。そういうペンを。

現代人から見れば骨董品《こっとうひん》、ヒューペルボレアの規準では未来の品。

ともかく、そのペン先には《鋭刃《えいじん》》の魔術をかけて、殺傷力も高めてある。

六波羅蓮の眉間《みけん》に突き刺さり、致命傷をあたえる——寸前。ペンは静止した。前ぶれもなく唐突に、空中で、ぴたりと止まったのだ！

「危ないな。急すぎるから、やりすぎちゃったよ」

「……その目。そいつが手品の種か」

アレクは静かにつぶやいた。

六波羅蓮の左目——瞳が虹色の光彩を宿している。

その目は妖《あや》しい光だけでなく、強い呪詛の波動まで放っていた。

それは空中静止したペンと、さらにはこの帆掛け船全体も呑みこむほどに広がって、アレクは今度こそ愕然とした。

「なんということだ……」

カンピオーネふたりが話す間も、若い船頭は帆をいじり、労働中だった。

だが今、二〇歳前後の彼はぴたりと動きを止めていた。それどころか——風を受け、バタバタとはためいていた帆まで静止し、微動だにしない。

ずっと吹いていた潮風が収まっている。完全に無風である。

アレクはもしやと、ふたたび海の方へ視線を投げた。

波のうねりで揺れているべき海面が止まっていた。凪《なぎ》ではない。潮の流れでうねったままの形で、海面は静止中なのだ。

六波羅蓮の魔眼が放つ波動にさらされた結果であった！

「オレの呼んだ送迎役まで止めたか……」

「みたいだね。せっかく来てくれたのに、残念だよ。本当はペンだけ止めるつもりでいたんだけど、ついやりすぎちゃって」

お茶目な口ぶりで六波羅蓮が言う。なかなかの愛嬌《あいきょう》だった。しかし、アレクにはどうでもいい。

「物体の動きを止める権能……？　いや、これはむしろ——限られた空間内の『時間を止める権能』か！」

「すごい。かなり正解！」

にっこりと蓮が笑った。

「僕のパートナーの梨於奈《りおな》は『かりそめの死』——仮死状態に追い込む『毒の視線』の権能だと言ってたよ。人でも物でも形のないものでも、時間ごと。属性とか関係なしに、何でも凍結できちゃうんだって」

蓮の言葉を聞きながら、アレクは指示を送った。

海中に控えさせた《無貌の女王》へ、船を下から揺さぶれと。だが反応はない。静止した波の下で、彼女の時間まで止まってしまったのだろう。

しかし、アレク自身の手足はふつうに動かせる――。

「どうやら、オレたちカンピオーネの時を止めるのはむずかしいようだな」

「そこはほら、僕たちってこういう呪いの影響を受けづらい体だから。でも、ちょっと工夫すれば、いろいろやりようがあると気づいて……」

蓮は可愛らしくウインクをした。

「最近、ようやく慣れてきたよ。今も『アレクの時間』を部分的に凍結できているし」

「そうか！　それでオレの足を封じたわけか！」

ついにアレクはからくりを見抜いた。

「神速とは、高速移動の能力ではない。A地点からB地点へ移動する時間を――わずか一瞬に短縮する能力。むしろ時間を操作する系統の力だ。移動時間を縮める……それはすこし先の未来へ移動しているとも言える」

時を止める魔眼のカンピオーネへ、アレクは言い切った。

「六波羅蓮。貴様はその目でオレの〝時間移動〟を凍結させているんだな？」

「うん。初めてのトライだったけど、上手《うま》くいったよ。僕も昔、経験したけど、神速ってやつで移動するの――すごく不自然なことだから、ちょっとした妨害でも歯車が大きく狂っちゃうようだねえ」

「なるほど。ある意味、貴様はオレの天敵のようだな」

天敵と言いながら、しかし、アレクは不敵に笑っていた。

強がりではない。自然と浮かんだものだ。神速による時間移動を『時を止める権能』で封じる男との邂逅《かいこう》――めったに経験できることではない。

逆に面白い！　その稀有《けう》さがアレクの心に火をつけていた。

「それにしてもエリカ・ブランデッリめ。貴様の素性をどうせ承知していただろうに、黙っているとは人が悪い」

「ああ、あの雰囲気のある美人さんと知り合いなんだ。今度紹介してよ！」

もはや筋金入りの気安さで、六波羅蓮が声をかけてくる。

アレクは鼻で笑って、聞きながした。

「人脈作りは自力でやるといい。それよりも今は――こちらの検証にもうすこしつきあってもらうぞ」

さっきやったように、アレクはふたたび呪力を高めた。

我が身と眷属の『時間』を取りもどすため、心気をととのえて、体の奥底より神殺しとしての力を引きずり出す。

アレクの全身から、いくつもの電光が発生し出す。

海中で静止していた《無貌の女王》、その美しい巨体が震えて、ゆっくり動き出す。

やはり、同族であるカンピオーネの『時を止めつづける』ことは困難なのだろう。では、この難敵を相手にどう仕掛けていくか。

そう——敵と認定して、まったく構うまい。

あからさまな妨害を受けて、黙って引き下がるような真似、アレクサンドル・ガスコインにはふさわしくないのだから！

アレクが身を乗り出したときだった。

六波羅蓮の左肩に、お人形サイズの美しい少女がふっと顕《あらわ》れた。

「これ以上はもうまずそうだね。頼むよ、ステラ！」

「結構いい男だから、退屈してなかったけど——仕方ないわね。来ませい、六波羅蓮の分身にして、火の鳥の化身《けしん》よ！　愛の女神のしもべよ！」

「なんだかんだで、梨於奈の方も復活できたようで何よりだ！」

ステラと呼ばれたミニ少女、薔薇《ばら》色に輝く腰帯を巻いていた。

蓮も陽気に笑っている。同時に『時』も動きはじめた。風が吹きつけ、波で帆掛け船が揺れはじめる。

そして——海から金色に輝く霊鳥が躍《おど》り出てきた。

「なに!?」

「じゃ、僕たちはここで！　またどこかで会おう、アレク！」

日本神話の伝える《八咫烏《やたがらす》》は巨体で、海面を割っての出現時に、すぐ間近にいた帆掛け船は盛大に転覆してしまった。

アレクも、六波羅蓮も、ひとりだけいた船頭も海に投げ出される。

しかし、蓮とその左肩につかまった少女ステラだけは、どこからか駆けつけてきたイルカの背びれにつかまって、この場から離れていく。

時間停止が解けたばかりの若い船頭は、ひどく動転していた。

が、さすが海の男。とっさに転覆した愛船の船底にしがみつき、難をしのぐ。アレクも同じことをしながら、考えた。

神速の電光となって、六波羅蓮を追うべきか——いや。

例の魔眼で時を止められた場合、やはり空中では対処がむずかしい。

「またどこかで、か……。その機会は意外と早くなりそうだぞ」

ぼそりとつぶやいて、アレクは再会を期した。

「貴様が《魔王殲滅《せんめつ》の勇者》などの連れをやっている理由も気になるしな」

4

かくして、太陽の精たる霊鳥《八咫烏《やたがらす》》は復活した。

輝く陽差しを浴びて、地上の空で金色《こんじき》の双翼をのびのびと広げる。そこから、わずか一度の羽ばたきのみで海と『海王の都』を横断して――

神殺し・羅濠《らごう》教主の待つ山へと、またたく間に帰ってきた。

師の暮らす邸宅、その広い庭園に《八咫烏》は舞い降りていく。

地上に着くや否や、怪獣もかくやという霊鳥の巨体はぐんぐん縮み、ふたりの女子高校生に変化した。

ブレザーを着た鳥羽梨於奈《とばりおな》と、セーラー服の物部雪希乃《もののべゆきの》である。

雪希乃の傷もすっかり癒《い》え、梨於奈も『人』としての姿と矜持《きようじ》を取りもどし、ふたりは気力みなぎる面構《つらがま》えで最凶の妖人と向き合う。

すなわち、待ちかまえていた羅濠教主その人と。

「ようやく――己《おのれ》自身を解きはなてたようですね、梨於奈よ」

「あいかわらずの上から目線……でも、お師匠さま。これからはよくできた愛弟子《まなでし》のわたしに一目《いちもく》置いてもらいますよ」

梨於奈は臆せず、のびやかに言い返した。

ここヒューペルボレアで出会って以来、常に圧倒されてきた。羅濠教主のいい意味でも悪い意味でもすさまじすぎる人間性と力量を前にして。

しかし、だからといって。

相手が目上・格上という理由でひれ伏すなど、鳥羽梨於奈の流儀ではない。まったくふさわしくない。

師が神殺しの魔王なら、こちらも女王の気位《きぐらい》をもって立ち向かわなくては！

それも、自慢の美貌にふさわしい優美さと知性、誇り高さも忘れずに。誰よりも麗《うるわ》しく、輝かしい火の鳥の化身《けしん》として。

羅濠教主は微笑みながら、弟子を品定めするように見つめていた。

が、おもむろに視線を転じる。梨於奈の隣に立つ物部雪希乃へ。《魔王殲滅《せんめつ》の勇者》は早くも救世《きゅうせい》の神刀《建御雷《タケミカヅチ》》を抜刀していた。

「傷は癒えたようですね。……重畳《ちょうじょう》。そうでなくては物足りないにも程がある。仮にもわたくしたちを『敵』と呼ぶ者であれば」

「……認めるわ。あなたにはそこまで言うだけの資格がある」

中段青眼《せいがん》に神刀を構え、雪希乃は切っ先を教主に向けた。

「そういう魔王を打ち破ってこその勇者、救世の戦士——負けられない理由がある以上、私は必ずあなたを超えてみせるわ！」

「ふふふふ。雛鳥《ひなどり》たちが可愛らしい……」

漢服《かんぷく》の袖《そで》で口元をおおい、羅濠教主はささやいた。

「よい、よい。跳ね返りの若手を教え諭《さと》すのも、武林の先達《せんだつ》たる者の務め。この羅濠が胸を貸してあげましょう」

「是非そうして！　開眼した私たちのすごさ、目に焼きつけてあげるんだから！」

「雪希乃。いい啖呵《たんか》ですけど、まずはわたしひとりでいきます」

相方に声をかけ、梨於奈が颯爽《さっそう》と前に出た。

「お師匠さま。ただ鳥の姿から解放されただけじゃないと――見せて差しあげます。本気を出さないと、後悔することになりますよ！」

「ほう――」

今度は梨於奈が切った啖呵で、羅濠教主の表情が変わった。

小動物をからかうような雰囲気から、未知の生物と遭遇したのでその生態を観察しようと決意した者の顔つきに。

「神火清明《しんかせいめい》――！」

そして、梨於奈はおもむろに唱えた。人の姿のままで。

「諸々《もろもろ》の禍事《まがごと》、火の祓《はらえ》にて御祓給《みそぎたも》う！」

「わたくしに浄《きよ》めの焔《ほのお》を向けますか……」

青白い火焔がうずまいて、羅濠教主を呑みこんでいく。

梨於奈の言霊《ことだま》が呼んだもの。太陽の精として放った一撃。人間ひとりなど骨も残さずに焼き尽くすはずの焔のなかで、

「人身のままでここまでの浄め火を放ったところはよい。しかし、これで終わりでは興醒めというもの……」

羅濠教主は冷然とたたずんでいた。

つまらなそうに梨於奈の術を論評までして。だが。

「もちろんです。まだ舞台の幕は上がったばかり――本番をたっぷり楽しんでください、お師匠さま！　十二神将、こちらに！」

「!?」

羅濠教主を取りまく焔が、梨於奈の一声で動いた。

火傷《やけど》ひとつ負っていない麗人から離れ、空へと昇り、火の玉と化したのだ。しかも一二体もあり、教主をぐるりと包囲する。

陰陽師《おんみょうじ》・鳥羽梨於奈に仕《つか》える式神《しきがみ》《十二神将》だった。

その主《あるじ》として、火の神霊として、梨於奈はひときわ高らかに唱えた。

「忽然《たちまち》にして天陰《そらくら》く――。金色《こんじき》の霊《あや》しき鵄来《とびきた》りて、皇弓《こうきゅう》に止まれり。その鵄、光り曄燁《かがや》き、流電《いなびかり》のごとし……！」

教主を包囲する火の玉が全部で一二体。

その全てから、金色の閃光が中心に立つカンピオーネへと放たれた。

さらに梨於奈がたおやかな手つきで差し出した右手、その人差し指からも同じ閃光がほとばしるしり、智勇双全の師に襲いかかる！

一三本ものレーザー攻撃。梨於奈、いや霊鳥《八咫烏》の切り札だった。

直撃を喰らう形になった羅濠教主は――

「なるほど、たしかに今までとはちがう……認めてあげましょう、梨於奈！」

奔流《ほんりゅう》となった金色の閃光にさらされて、尚も無傷のままだった。

しかし今、その左右に二体の仁王尊《におうそん》が顕現していた。筋骨隆々《きんこつりゅうりゅう》とした裸形《らぎょう》は黄金に輝き、主人である神殺しを守護している。

『吻《フン》――――ッ！』

『哈《ハ》――――ッ！』

阿吽一対《あうんいっつい》の仁王たち、雄々《おお》しい気合いを発して、両手を虚空《こくう》に突き出していた。

黄金の光が羅濠教主と仁王二体を取りまいて、梨於奈と《十二神将》によるレーザー攻撃を遮断していた。

この仁王たちこそ羅濠教主の顕身《けんしん》であった。

権能《けんのう》《大力金剛神功《だいりきこんごうしんこう》》を全開にして、生身では耐えられないほどの金剛力を振るうとき、我が身の延長として生み出す分身なのである。現れ方はだいぶちがうが、六波羅蓮にとっての小女神ステラと同様の存在だった。

彼らの登場は、すなわち羅濠こと羅翠蓮《すいれん》の本気の現れ――――！

「霊鳥に変化《へんげ》しないまま、ここまでの力を振りしぼれるほどになりましたか！」

「もう……姿形は関係ありません。人のままでもわたし。《八咫烏》になってもわたし。どちらの姿でも好きなように術と力を使いこなせる。小さな青い鳥の姿でも同じこと――またあの呪いを受けても、わたしはもう弱くなりはしないでしょう！」

己自身を誇る気持ちで、梨於奈は宣言した。

……ついに一三本のレーザー放出が終わり、猛攻は一段落となる。

すると火の玉として顕現した《十二神将》は次々と梨於奈のもとに飛んできて、女王の体に吸いこまれていく。

火の式神たちをも呑みこんで、新しい鳥羽梨於奈として不敵に微笑む。

「わたしからのあいさつはこんなところです。でも」

「次は――私の番！　変わったのはお姉さまだけじゃないわよ！」

力強い足取りで、雪希乃が前に出た。


桃太郎《ももたろう》先生、私に力を貸して――。

心のなかで念じながら、雪希乃は前に出て、羅濠教主と向き合った。

中段青眼の構え。世にふたりといない神殺しの顔へ、救世の神刀を突きつけた格好だが、ふたりの間には九メートル近い距離がある。

決然とした雪希乃に対して、羅濠教主は麗しい声で告げた。

「たしかに、あなたの底はなかなかに深そうではある。しかし残念ながら、魔王殲滅の大業を成せるほどの器《うつわ》とも思えない。なんと言っても、あなたは結局のところ——人の身に過ぎないのですから」

荒事の場にいながら、雪希乃は奇妙な想いにとらわれた。

不思議なほどに羅濠教主をなまめかしく、魅惑的に感じてしまうのだ。嗚呼《ああ》、目の前の麗人との立ち合いは——

きっと想像を絶するほど、甘味にちがいない！

「われら神殺しは皆、半神どころか本物の……まつろわぬ神々と対決してきた戦士。はっきりと言えば、あなたなど場ちがいな不心得者に過ぎません」

ここで教主が浮かべた微笑。

さげすみの感情など一切なく、むしろ、この上なく美しかった。

死にかけた虫けらの儚《はかな》い生を憐《あわ》れむ神仏のごとき慈悲に満ちていて——雪希乃はどきりとした。なんて素敵なのと。

羅濠教主はさらに言う。

「しかし、考えてみれば……。わたくしたちも、最初の神殺しを成す前はちっぽけな人間のひとりに過ぎなかった。蟷螂《とうろう》の斧《おの》であっても、神すら殺《あや》めるときはある。その真実を誰より知る者として——救世を志《こころざ》す者よ。迎え撃ってあげましょう！」

「だったら、私は最高の自分を超える自分で立ち向かうわ！」

救世の英雄だった桃太郎先生の名にかけて！

意を決した瞬間だった。また——あれがはじまった。

カラカラ、カラカラ、カラカラ、カラカラ

例の幻聴が聞こえてくる。木の車輪がどこかで静かに回り出した音だ。

そして、膨大《ぼうだい》な『力』が五体に満ちていく。

それは気、呪力、霊力といった類《たぐい》のパワーであり、物部雪希乃という存在の底力をベースアップしてくれるもの。

この力はどこから流れこんでくるのか。雪希乃は感覚を研ぎすました。

おへそのさらに下、東洋武術において人体の中心とされる臍下丹田《せいかたんでん》……ここからだ。今、雪希乃の丹田は〝何か〟とつながっていた。

形あるものではない。そう雪希乃は直感した。

契約、盟約、約束、願い、希望、祈り——。たぶん、そういった何かだ。

「わかったわ……」

雪希乃はつぶやいた。

熱い想いがふつふつと心の奥底から湧きあがってくる。

——畏《おそ》るべき神殺しの魔王が幾人も現れる。それが『この世の終わり』。だが世界よ、安堵《あんど》せよ。全ての魔王を殲滅する日まで、勇者は修羅となり、戦いつづける。救世の神刀を振るう王者として、大地に立つ。

——ゆえにわれらは『最後の王』。この世の最後に顕《あらわ》れる救世主。

——古き盟約よ、我を支えよ。我を讃《たた》えよ。我に仕えよ。

——魔王殲滅の盟約よ、我を今こそ『剣』に変えよ。我が存在そのものを生ける剣と成さしめよ。われら剣神の系譜に連なる勇士なれば。

（感じる……。今、この地に君臨する魔王は羅濠さん、だけじゃない）

雪希乃の感覚はひどく研ぎすまされていた。

（割と近くにひとり、もうひとり……三人もの神殺しが集《つど》っている。なんてこと。でも、私には剣神の盟約がついている。きっと何とか——なる！）

湧きあがる想いと力がこのとき、最高潮に達した。

三人もの魔王と物部雪希乃を対決させるべく、《運命》の修正力がはたらいた。結果、雪希乃の呪力は爆発的にふくれあがる。

立ちはだかる羅濠教主とも見劣りしないほどに——。

「ほう……《盟約の大法《だいほう》》、早くも使いこなせるようになりましたか」

「ええ！　我が師、桃太郎先生……いいえ。あの人の本当の名前だという《ラーマ》の英名にかけて、私は魔王殲滅の盟約を批准《ひじゅん》する！」

神殺しの麗人に見据えられながら、雪希乃は宣言する。

すると――師の名が羅濠教主を瞠目《どうもく》させた。

「ラーマ!?」

「先生も私を応援してくれている！　だから――あなたには負けない！」

叫ぶと同時に、雪希乃は地を蹴った。

間合いを一気に詰め、羅濠教主へ渾身《こんしん》の両手《もろて》突きを繰り出す。雪希乃の全身と救世の神刀は白金色の電光を帯びていた。

駆け抜ける稲妻そのものとなりながら、雪希乃はつらぬいた。

主の前に身を投げ出し、盾《たて》となった金剛力士――羅濠教主の顕身を。

阿吽一対の力士は二体いたが、その片割れは胴を雪希乃の剣でつらぬかれ、たちまち消滅してしまった。

小さな勝利。しかし、その雪希乃を羅濠教主の掌打《しょうだ》が襲う。

顕身ではなく、自分自身のたおやかな右腕と掌による絶技であった。

「哈《ハ》――――！」

「く、ううううっ！」

泰山《たいざん》すら揺るがしそうな掌に打たれて、雪希乃は大きくふっとばされた。
二、三〇メートルは飛んだだろうか。それでもＫＯまではいかず、たたらを踏んで、どうにか倒れるのを堪《こら》えてみせた。
救世の神刀《建御雷》が加護の光を放ち、ダメージを軽減してくれたおかげだ。

あらためて雪希乃は、大いなる敵を凛々《りり》しくにらんだ。

戦いはまだはじまったばかり。もっと、もっと私に力を集めて――――！

「あ……」

無意識の願いに応《こた》えて、ふたつの稲妻が天より降ってきた。

ドォオォン！　ドォオォン！

雷鳴と共に降臨した〝もの〟は、電光だけではなかった。雪希乃の前でふたつの武具が大地に突き刺さり、屹立《きつりつ》している。

ひとつは、黒い鋼鉄製の長弓《ちょうきゅう》――。

もうひとつは、漆黒《しっこく》に塗った木製の矢筒――。

「そういえば……桃太郎先生と次郎《じろう》さんに言われていたわ！」

雪希乃はハッとした。

美しき師範《しはん》とその実弟から、たしかに告げられたのだ。

『運命の御子よ。我が秘蔵の武具のいくつかを汝《なんじ》に譲渡する』『霊験《れいげん》あらたかな奇跡の弓と矢、早く使えるようになりなさい』

と。

5

雪希乃《ゆきの》は本能で悟った。

自分のもとに降臨した弓と矢筒は、壮絶なほどに強大であると。

世界の命運、多元宇宙の行く末を左右する規模の闘争以外に、使うべきではないと。

ふさわしい射手でなければ、わずかに弦《つる》を引くことすら無理なのだと。

なので、躊躇《ちゅうちょ》なく呼びかける。

「救世《きゅうせい》の神刀《建御雷《タケミカヅチ》》……私のなかにもどって、私に力を貸して！　この弓矢を使うにはあなたの助けが必要なの！」

構えていた救世の神刀が——消えた。

その刃《やいば》に秘められた霊力で内側から雪希乃を支える柱となるべく、『剣の鞘《さや》』でもある物部《もののべ》雪希乃の身中にもどったのだ。

大地に突き刺さった鋼《はがね》の長弓《ちょうきゅう》を、雪希乃は左手《ゆんで》で引き抜いた。

開いた右手《めて》を矢筒に向ける。これも本能で直感していた。空の矢筒だが、使い手が欲《ほっ》すれば、その局面に最もふさわしい矢を出してくれるはず——

「……あら？」

矢は出てこなかった。

「これってちょっとマズイ、んじゃないかしら!?」

雪希乃はあせった。

今の我が身は羅濠《らごう》教主にも見劣りしないほどの霊力、呪力を宿している。このパワーなら必殺の弓と矢を使える、たぶん！

なんとなく、そう楽観していたのに。まだまだ力不足なのだ！

「待ってなさい、雪希乃！　要は勇者さまとしての基礎力を上げればいいだけっ。わたしたちには〝例の手〟があります！」

「お姉さま！」

アオカケスではなく、青いツバメに変身した鳥羽梨於奈《とばりおな》が飛んできた。

雪希乃の体にぶつかって、同化して、ふたりはふたたび同一の肉体、魂として融合した。梨於奈の念が内から伝わってくる。

（ここから《スーパーサイヤ人の術》で下駄をはかせれば——！）

「来たわ！」

漆黒《しっこく》の矢筒は、地に突き刺さるように直立していた。

中身は空。しかし今、その円筒から『黄色い矢羽根の矢』が飛び出てきて、雪希乃の右手に収まった。お姉さまと同化した瞬間に、体の深奥より呪力が噴きあがり、今までのさらに倍近くも高まったからだろう。

黄羽根の矢を弦につがえ、引きしぼり、羅濠教主に向ける。

「哈《ハ》――！」

教主はすでに、掌打《しょうだ》を放っていた。

右手をまっすぐ突き出す動作に合わせて、掌《てのひら》の形をしたオーラがこちらに飛んでくる。雪希乃の全身を握りつぶせそうなほどの大きさだった。

「南無八幡《なむはちまん》――大菩薩《だいぼさつ》！」

武家の守り仏に祈りながら、矢を射かける。

剣神《タケミカヅチ》の裔《すえ》としては、宗教的に〝ちぐはぐ〟だが気にしない。

そもそも日本国の神と仏は古来より共生・共存してきたもの。神仏混淆《こんこう》こそが〝自然〟な形なのである。八幡菩薩は八幡神でもあるのだ。

雪希乃の祈りを乗せた矢と、オーラの掌が激突する！

爆発。衝撃波。『ボウンッ！』という轟音。ふたつの飛び道具は衝突するなり爆裂し、おたがい木《こ》っ端微塵《ぱみじん》になりながら、そろって消滅していった。

「驚かせてくれますね……」

羅濠教主がつぶやいた。

「まさかラーマ王の弓と矢を継承していたとは。しかも、ぎりぎりどうにか射手としての資格まで満たすとは！」

「って羅濠さん、私の先生を知っているの!?」

「東洋においては至高の英雄、最も尊き流浪《るろう》の貴種です。知らぬ方がどうかしています」

「そ、そうだったのねっ」

博識な大敵に教えられて、雪希乃は驚いた。

さすが先生。こんな多元宇宙の彼方《かなた》にも雷名がとどろいているなんて！

感動しながらも右手《めて》を矢筒に向ける。二の矢——同じ黄羽根の矢が出てきた。射る。三の矢を呼ぶ。射る。四の矢、五の矢、まとめて来て！

人差し指、中指、薬指の間に矢羽根を挟めば、二本の矢を一度に放てる。

アクロバティックな四連射。

四本の矢に対して、羅濠教主は左右の掌を同時に突き出した。

「——虎撲双把《こぼくそうば》！」

双手掌打の動きでオーラの掌も左右ふたつ分が飛んできた。

雪希乃の四矢《しし》をまとめて木っ端微塵に粉砕する。だが、四矢の方も命中したことに変わりない。オーラの掌ふたつを爆発させ、消滅させる。

「だったら次は！」

雪希乃は黄羽根の矢を四本、まとめて呼んだ。

五指それぞれの間に矢羽根を挟めば、四本の矢でも一度に持てる。まとめて弦につがえ、射る。

──四矢が飛んだ。

羅濠教主は右手で『平手打ち』をする動作。すると輝くオーラの手が横殴りの掌打となって、四矢をまとめて薙《な》ぎ払った。

四本を同じタイミングで放ったことが、逆に仇《あだ》となったのである。

さらに、中国武術をきわめた神殺しは左手の掌をまっすぐ突き出した。

「──鳳爪掏心《ほうそうとうしん》！」

光り輝くオーラの掌がまっすぐ雪希乃に突っ込んできた。

矢では間に合わない。剣神の申し子は、左手《ゆんで》にある鋼鉄の弓を横に振るった。

弦を張ったことで湾曲した鋼鉄の部分を刃《やいば》と見なして、片手斬りの要領で。果たして、オーラの掌を一刀両断できた。

斬れないはずの得物《えもの》でみごと斬る。物部雪希乃の剣術ゆえである。

羅濠教主は目を細め、感心した体《てい》でつぶやく。

「なるほど、その程度には剣も使える、と……」

「もっともっと鎬《しのぎ》を削りましょう、羅濠さん！　これを繰りかえしていけば、私、必ずもっと鋭くて強い『剣』になれるわ！」

無双の強者とのぎりぎりの攻防。それが雪希乃には愉悦《ゆえつ》であった。

矢を一本射るごとに、剣を一度振るうたびに、着々と己自身が鍛えられ、『生ける剣』としての完成度が上がっていくという――

確信が込みあげていた。なんて愉《たの》しい！


「善戦してるねえ、雪希乃」

「ま、魔女の羅濠もまだ様子見って感じだし。その程度はやってもらわないと」

蓮《れん》のつぶやきに、相棒のステラが相づちを打った。

ちなみに、雪希乃と和合したパートナーとの絆《きずな》《翼の盟約》を介して、彼女たちに自分の呪力――カンピオーネとして所有する力を送りこんでもいる。ひどく地味な形ながら、六波羅《ろくはら》蓮もまた羅濠教主と対戦中なのである。

そして現在の戦況、決してよろしくはない。蓮は言った。

「羅濠お姉さん、カウンターのタイミングを計ってるよ。ふたりとも激しく攻防しているようでも、前のめりなのは雪希乃だけで、お姉さんの方はばっちり冷静だ」

カウンターパンチもアウトボクシングも得意技。

これでも六波羅蓮、陸鷹化《りくようか》に〝そこそこ〟と認められるボクサーなのだ。

今は『海王』こと羅濠教主の邸宅に忍びこんでいた。小女神のステラは、蓮の左肩に腰かけている。

勇者と神殺しの対決を、庭先から見物中だった。

こそこそ隠れる必要はなかった。

教主に仕《つか》える家人《けにん》はとっくに逃げ出している。気むずかしい主《あるじ》の機嫌をそこねないよう、気配を極力消しつつ、緊急事態と悟れば即座に脱出する手練《てだ》れぞろいなのだ。

唯一《ゆいいつ》、厄介な存在である陸鷹化は――

「屋敷の玄関で鷹くんにばったり会えたのは、かえって都合がよかったよ」

「あいつの『時』を止めて、足止めできたものね。ぎりぎりの場面に駆けつけられたら、ちょっと面倒だったわ」

蓮ともども、ステラも幸運をよろこんでいた。

たまたま顔を合わせた瞬間に、権能《けんのう》《時間凍結の魔眼》を使った。虹色の光彩が宿った左目から、凍結の波動を放った。

それを受けて、陸鷹化は微動だにしなくなったのである。

尚、今回は二時間ほどの停止だが、ほんの数秒だけ止めることもできる。

実は陸鷹化とのスパーリングでもそうした。わずか二秒間だけ『凍結』させて、その間に自慢のフットワークでうしろに回り込み、ジャブを打ったのだ。

蓮はしみじみと言った。

「この権能も、ようやく使いやすくなってきたよ」

「そもそもがバカ女神のアテナ——それも世界を破壊し、再生させるほどの大悪党になったアテナから奪った権能だもの」

いきさつを思い出したらしく、ステラも感慨深げだった。

「ちょっと使うだけでも暴走気味だったわね……」

「『時間』なんて要素まで絡《から》んで、使い勝手もいいんだか悪いんだか、だったし」

苦笑しながら蓮は過去を振りかえった。

アテナより簒奪《さんだつ》した権能の性質がわかってきた頃、梨於奈（当時はまだアオカケスではなかった）といっしょに分析したのだ。

『たぶん、アテナの魔眼がベースなんですよ。蛇女メドゥサの目。見るだけであらゆるものを石化させてしまう』

あのとき、梨於奈は理知的に語っていた。

『知慧《ちえ》と戦争の女神アテナと蛇の魔物メドゥサはもともと同一の神格。命を育《はぐく》む地母神《じぼしん》であり死の神でした。石化の目は——彼女たちの死神としての権能です。石に変える＝かりそめの死をあたえる行為ですからね』

『ただ、六波羅さんの魔眼は《石化》ではなく《時間凍結》』

『どちらも、かりそめの死には変わりありませんが……微妙に性質が異なるのは、六波羅さんが倒したときのアテナが〝終末の女神〟だったから、でしょうか』

『旧世界を一度はたしかに滅ぼし、新世界の創造をはじめつつあった』

『あのとき……滅んだ世界でわたしたちがアテナと戦ったとき、全世界の時間は停止していました。アテナの許しが出て、はじめて新世界の時間は動き出す——はずでした。その辺のあれやこれやが、六波羅さんの魔眼に影響しているように思います』

使いどころがむずかしい権能であった。

それでもだんだん慣れてきて、いくつかの応用法を編み出した。最近は正面切っての接近戦でも役に立つ。黒王子アレクの神速を止めたように。

だが、今は味方の後方支援で使うべき局面——蓮はつぶやいた。

「一、二秒くらい止めるだけなら、カンピオーネ相手にも全然通じるって、テオくんのときにわかってるからね。あとはどのタイミングで止めるか、だ」

聖王テオドリック。この間、遭遇した《反運命の神殺し》。

あの用法で罠《わな》にはめるのなら、使えるのは一度か二度。カンピオーネ相手に濫用《らんよう》すべきではなかった。

警戒されると、凍結の波動も通じにくくなる——。

「最近じゃ『海王の都』の海賊活動もずいぶんと活発だし。うちの都が安心して商売と娯楽に専念できるよう、羅濠お姉さんの勢いを削《そ》いでおきたいしね……」

「蓮っ。あの気位《きぐらい》の高い魔女に、目にもの見せてやって！」

ステラの声援を受けながら、蓮は好機を待っていた。

6

弓矢と掌打《しょうだ》の攻防、はじめは互角であった。

だが、あるときから形勢が一気に傾いた。傍目《はため》にも雪希乃《ゆきの》が不利であると、はっきりわかるようになったのだ。

というのも、羅濠《らごう》教王の嫋々《じょうじょう》たる謡《うたい》がはじまったからである。

「何《いづ》れの處《ところ》よりか秋風《しゅうふう》至る——。蕭蕭《しょうしょう》として雁群《がんぐん》を送る……」

「そんな……桃太郎《ももたろう》先生の矢が!?」

雪希乃は愕然とした。

裂帛《れっぱく》の闘志を込めた黄羽根の矢。神殺しの麗人を撃ち抜くべく疾風《はやて》の速さで飛んでいたものの、道なかばにして分解してしまった。

さらさらと細かな砂となり、崩れ、矢としての形を失ったのである。

（歌声の権能《けんのう》《竜吟虎嘯大法《りゅうぎんこしょうだいほう》》ですよ！　衝撃波だけじゃなくて、謡を超音波に変える離れ業《わざ》もやれちゃう人なんですっ。声だけで超音波破砕を起こして、お目当ての何かを粉々にしてしまうという――）

梨於奈《りおな》の念が教えてくれた。

だが雪希乃は事実を受けとめきれず、思わず反論した。

「で、でも、霊験《れいげん》あらたかな軍神さまの矢よ!?」

（だったら向こうは『神様だって殺しちゃうウーマン』ですよ！　聖遺物や御神体だって壊せるに決まっているでしょう！）

「そんな――!?」

輝くオーラの掌《てのひら》が迫りくる。

雪希乃は左に跳んで、避けながら、黄羽根の矢を撃った。

「……朝来《ちょうらい》、庭樹《ていじゅ》に入《い》り、孤客《こかく》、最も先に聞く――」

（ほら、また分解されちゃいましたっ。あの矢を粉々に消し去るコツだか周波数だかが完全に見切られているんです！）

「ううううっ」

風のうなりと魔教教主の謡によって、雪希乃の一矢《いっし》は消え去った。

負けじと射る。消滅。さらに矢を呼んで射る。消滅。射る、射る、射る、射つづける——全て消滅してしまう。

啞然とした瞬間、雪希乃はさらなる驚愕を味わうことになった。

「ふふふ——どうやら、弓のあつかいは剣ほど達者ではないようですね」

婉然《えんぜん》と微笑む羅濠教主がすぐそばにいた。

いつのまにか、雪希乃の右側面にたたずんでいたのだ。数秒前まで、十数メートルの距離を隔《へだ》てた位置に立っていたというのに！

わずか一刹那《いっせつな》の間に、距離を詰められた。

箭疾歩《せんしっぽ》——疾風のごとく間合いを詰める、瞬息の歩法であった。

徒手の敵にこんな真似を許すとは、弓使いにあるまじき失態。しかも羅濠教主は、左手の掌を開いている。攻撃の前ぶれ！

雪希乃は〝生ける剣〟としての直感で悟った。

空手で言う貫手《ぬきて》。のばした五指で右脇腹を抉《えぐ》りにくるはず。イメージが湧いたときにはもう体が勝手に動いていた。

雪希乃は躊躇《ちゅうちょ》せず、大地に身を投げ出した。

さらに前転しながら教主と距離を取る。ひらり。地面を転がり終えると同時に、猫のしなやかさで立ちあがる。ここまで一挙動。

羅濠教主は、まさに貫手で虚空《こくう》を突いたところであった。

「実に勘のよい娘です……」

武術家として至高の境地にある神殺しは、血戦の渦中にありながら、婀娜《あだ》っぽいまなざしで雪希乃を注視していた。

「その勘の鋭さ、もはや天啓《てんけい》の域に達していると言えましょう」

「あ、当たり前だわ。私は剣神タケミカヅチの生まれ変わりだもの」

「しかし、この羅濠を打倒するに足る力量とは言いがたい……。そろそろ決着をつけるとしましょうか」

するすると——何気ない足取りで、羅濠教主が近づいてくる。

雪希乃にはわかる。それは、弟子の陸鷹化《りくようか》が見せた『王者の歩法』を極限まで磨きあげたものだった。

頭頂・みぞおち・股間をつなぐ正中線がまったくぶれない。

もはや天地をつなぐ柱のようだ。歩みもぶれず、かけらほどの隙《すき》もない。

威風堂々としていた弟子の歩みとちがい、実に自然。当たり前だ。羅翠蓮《すいれん》にとって、王者であることは息をするのと同義なのだから。

どう打ちかかっても、この歩みを止められるイメージが湧かない。

だが間近に迫られたら最後、きっと吸いよせられるように不十分な打ち込みを繰り出してしまうにちがいない。あせりと恐怖を抑えきれずに……。

お姉さまが体の内から警告してくれた。

(雪希乃！　弓でも剣でも、とにかく攻撃して、牽制《けんせい》しなさい！)

「駄目！　羅濠さんはそれを待っているのっ。私の方から手を出させて、後《ご》の先《せん》、対の先の返し技で仕舞いにするつもりなんだわ！」

だから、雪希乃は『足』を使った。

天より降る稲妻のごとく、地上をジグザグに駆ける。

剣神にして雷神タケミカヅチの申し子にふさわしい疾走の歩法。羅濠教主の脇を電光そのものの速さですり抜けてみせる。

距離が大きく開いたところで、雪希乃は足を止めた。

はあはあ。はあはあ。呼吸が荒い。遥《はる》かな格上との対決は、未熟な《魔王殲滅《せんめつ》の勇者》を激しく消耗《しょうもう》させていた。

「ふふふふ……勘がよいだけあって、逃げ足も速い」

羅濠教主が振りかえり、雪希乃に微笑みかけた。

友愛ではなく、闘争の愉悦《ゆえつ》ゆえの表情。雪希乃は悟った。我が力量、いまだ最凶の神殺しにとどかず。この窮地《きゅうち》をどうしのぐ？

(雪希乃――矢を使うんですか？　あれだけ通じなかったのに？)

「え……？」

お姉さまに問われて、気づいた。

雪希乃の右手《めて》がいつのまにか、一本の矢を握りしめていた。今までの矢とちがい、鴇色《ときいろ》の矢羽根であった。

そういえば、矢筒は最初に現れた場所に置いたまま。

だが、そこから送ってくれたのだ。今の物部《もののべ》雪希乃にふさわしい矢を。

「忘れてたわ。お別れのときに桃太郎《ももたろう》先生、たくさんの種類の矢も贈ってくれてた！」

左手《ゆんで》には、黒き鋼鉄の強弓《ごうきゆう》がある。

かつて武芸の師が愛用したもの。そして鴇羽根の矢——その秘めたる霊験を感じとって、雪希乃は即断した。

「お姉さま！　さっきもやってくれたあれ、またお願い！」

（し、承知しましたっ。あれですね！）

さすが霊的に和合・同調した状態。『あれ』だけで通じた。

雪希乃はまず、左手の黒き弓を構えた。こちらに王者の歩法でゆるゆると近づいてくる羅濠教主へ。

鴇羽根の矢を強弓の弦《つる》につがえ、ひきしぼり——

「哈《ハ》——ア！」

その瞬間に、金色に輝くオーラの掌打が飛んできた。

完璧なクロスカウンターであった。雪希乃は矢を射る寸前で、『掌の形状をした閃光』によって、したたかに打ちのめされた。

……全身が爆発したかのように錯覚した。

ダメージが大きすぎて、激烈な苦痛も灼熱の熱さとしか認識できない。

五体と五臓六腑《ごぞうろっぷ》の全てが燃えあがっている——。そう錯覚しつつも、それでも雪希乃は二本の足で大地を踏みしめ、堪《こら》え、倒れなかった。

気合いと根性、だけで耐えたのではない。

今、雪希乃の体はいつもより遥かに頑丈であった。

骨が——硬い。全身の骨という骨が強化され、超合金めいた硬度と化していた。その骨格をおおう筋肉と脂肪も、今までにない強靱《きょうじん》さであった。

おかげでカウンターの直撃を浴びても倒れず、踏みこたえられた。

「お姉さまの《スーパーサイヤ人の術》、本当にすごいわ……」

雪希乃はささやいた。

「たしか『殺しても死なないほど頑丈で生き汚い生命力』？　それを借りたおかげで、どうにか大丈夫……」

意識が朦朧《もうろう》とするなか、雪希乃は矢を手放した。

鴇羽根の矢を弦につがえた構えのまま、掌打に耐えたのである。とっておきの矢は空《くう》を切って、飛んでいく。

……羅濠教主のカウンターパンチは防げない。

ならば相打ちを狙うべし。そのために必要なタフネスはお姉さまがくれた——。


鴇羽根の矢が向かってくる。

武林の至尊・羅翠蓮の見立てを超える頑丈さで、物部雪希乃は捨身《しゃしん》迎撃の掌打に耐え、謎めいた矢を放ってきたのである。

しかし、それすらも羅翠蓮にとっては想定の範囲内。

どんな特質の矢かは知らないが——『ふっ』と呼気を吐き出し、全てを薙《な》ぎたおす衝撃波に変えて、ふきとばせばいい。

火焔山《かえんざん》の焔《ほのお》を全て吹き消す芭蕉扇《ばしょうせん》のごとく。

それが風撃の権能《竜吟虎嘯大法《りゅうぎんこしょうだいほう》》の恐ろしさ、なのだから。

だが——呼気を吐く寸前で。

愕然とした。鴇羽根の矢が我が身に突き刺さっていた。みぞおち、中丹田《ちゅうたんでん》とも呼ばれる急所に。十分に防ぐ余裕はあったはずなのに！

（まるで、時が止められたかのように……!?）

戦慄《せんりつ》が羅翠蓮を襲う。

そして、ハッと我に返る。時を凍結させる――その力、思えば〝あの若者〟の切り札ではなかったか……？

もしや、この短期間で成長を遂《と》げたのか？

天下の羅翠蓮を相手に、わずか一秒でも時を止めてしまえるほどに。

……それが第一の驚愕。

第二の驚愕は、みぞおちに刺さった鴇羽根の矢。

肉を抉るわけでも、骨を砕くわけでもなかった。その矢は、射止めた羅翠蓮の肉体におそろしく強大な霊力を送りこんできた。

それは――『封印と拘束』の霊験であった。

無数の光となって散り散りになり、鴇羽根の矢と羅翠蓮は消滅した。

ただし、死滅したわけではない。今まで立っていた場所、その地面に『五芒星《ごぼうせい》』の刻印が焼きついている。

魔を封じ、ここに閉じ込めた証《あかし》の刻印。

神殺しの魔王・羅翠蓮は封印の憂《う》き目に遭《あ》い、自由を奪われたのである。

7

「封印の矢、かあ……」

一部始終を目《ま》の当たりにして、さすがの蓮《れん》もややあきれていた。

新戦力《時間凍結の魔眼》で羅翠蓮《らすいれん》の時をわずかに止めて、鴇《とき》羽根の矢による『相打ち』を演出したわけだが——

「この土壇場《どたんば》でいきなりそいつが出てくるのって、ちょっと都合よすぎない？」

「ちがうわ、蓮」

左肩にすわるステラが眉をひそめていた。

「あの弓と矢筒をうざ娘に譲った英雄……そいつの権能《けんのう》なのよ。窮地《きゅうち》に陥《おちい》ったときはいきなり味方が現れて、救いの手を差しのべてくれるっていう——」

「桃太郎《ももたろう》さんだっけ？　そういうのも、勇者体質って言うのかなあ……」

自他ともに認めるお調子者の六波羅《ろくはら》蓮。

しかし、神話の世界には己《おのれ》を凌駕《りょうが》する〝愛され系男子〟が存在すると知って、心からのため息をついた。

「雪希乃《ゆきの》はそのひとの継承者。この先、どこまで化けるんだろうね？」

「そうそう。うざ娘本人はお間抜けもいいところだけど、逆に、だからこそ土壇場で開きなおって大ばくちに出る度胸もあるし、油断は禁物よ」

「いっそ、もうちょっと個人的に仲よくなっておくのもアリかもね」

一心同体の小女神に、蓮はウインクした。

「僕をもっと意識してもらえるようになれば、雪希乃のことだから、たぶん何か揉《も》めちゃったときは手加減してもらえるよ」

「……蓮。あなたのそういう調子のよさ、むしろ本当に感心するわ……」

影の者として暗躍するカンピオーネとそのパートナー。

ふたりのひそひそ話をよそに、女子高校生ふたりは勝利（？）の余韻《よいん》にひたっていた。


「何だかんだありましたけど、やりました！」

一〇カ月ぶりに『美少女』としての姿を取りもどした鳥羽梨於奈《とばりおな》。

両腕を天に突きあげ、背筋をのばし、満面に笑みを浮かべている。やさぐれたアオカケスの面影はどこにもない。

「いろいろ手伝ってくれて、大感謝ですよ雪希乃！」

「よ、よかったわ、お姉さま……」

雪希乃の方はといえば、疲労困憊《こんぱい》して地面に寝転がっていた。

仰向けになり、澄んだ青空を直視することしかできない。だが起きあがり、お姉さまとよろこびを分かち合いたいところ――

根性で雪希乃は身を起こそうとした。

「い――いぃぃぃぃぃぃぃっ!?」

「まだ動かない方がいいですよ。今、手当てをします」

声にならない悲鳴をあげた雪希乃へ、上機嫌の梨於奈が近づいてきた。

ブレザーの制服がこの上なく似合っている。横たわる雪希乃のそばで膝《ひざ》をつき、寄りそってくれた。

「お師匠さまが必殺の気合いで打ってきた一撃を、真正面から受けていますからね。いくら頑丈になった体でも、そうそう無事には済みませんよ」

「か、体のどこが痛いのか、全然わからないわ……」

「て言うか、全身ガタガタにやられています。ふつうの人間が時速一〇〇キロで突っ込んでくるダンプカーに轢《ひ》かれたら、似たようなダメージになるでしょうね。むしろ、よく相打ちを仕掛けたものだと感心してしまいましたよ」

梨於奈の手に、数枚の霊符が現れた。

どれも同じ符で『勅令《ちょくれい》』の聖句《せいく》と複雑な紋様が書きつけてある。おそらく治癒《ちゆ》の霊験《れいげん》を秘めているのだろう。

「あの土壇場で、まさかのジェネリック魔封波の矢まで呼び出して――。正直、雪希乃のポテンシャルを見くびっていました。あのお師匠さまを封印してみせるなんて、最高の大殊勲《だいしゅくん》、大金星です！」

「残念だけど、今の雪希乃ではまだかなわないから……」

よほどうれしいのか、梨於奈はとにかくテンションが高い。

雪希乃はかろうじて表情筋を動かして、弱々しく微笑みかけた。よかった。お姉さまが無事に人間として復活できて――。

「でも、このまま旅をつづけていけば、そのうち互角にやり合えるようになる。そんな気がしているの。神殺しの魔王と戦うたびにどんどん私は強くなる……。だから、その日が来るまでは急場しのぎの封印で閉じ込めて――」

封印を解き、ふたたび羅濠《らごう》教主と対決する日は決して遠くない。

剣神タケミカヅチの生まれ変わりとして、雪希乃は直感していた。たぶん、傷ついた体が癒《い》えたら、前よりも格段に成長しているはず……。

そう確信しながら、ふと思い出す。

「あ……ところでお姉さま。その辺に先生の弓と矢筒はないかしら？」

「ちょっと見当たりませんけど――どうかしたんですか？　てっきり雪希乃が〝消した〟ものだと思っていました」

天より降臨した武具である。ひとりでに消え、また現れても不思議はない。

しかし、雪希乃は腑《ふ》に落ちなかった。

「どうしてか、あの子たちのことが気になってて。羅濠さんを封印できたと思ったら、気が抜けて、弓は放り出しちゃったし。矢筒の方もどこかに置きっぱなしで――」

「ああ。たしかに不用心だったな」

……初めて聞く声だった。

梨於奈が驚いて、背後を振りかえる。不安に駆られて、雪希乃も最後の気力を振りしぼって、どうにか上体だけ身を起こす。

女子高校生ふたりの視線を受けて、ひとりの青年が肩をすくめた。

黒髪の白人である。仕立てのよいスーツの色も黒。白シャツと合わせて、気品ある装いの地球《アーシアン》出身者だった。

かなりの美形でもある青年は、ふてぶてしく告げる。

「英雄ラーマの弓と矢筒。世が世なら『最後の王』として魔王殲滅《せんめつ》の使命を担《にな》うほどの勇者が使った武具だ。紛失や盗難の憂《う》き目に遭《あ》ってはならないと、心配だったのでな。オレの方で保護させてもらった」

「アレクじゃないか――！」

唖然として名前を呼んだのは、六波羅蓮だった。

それを聞いて、梨於奈が顔を引き締める。

「まさかうわさで聞く……カンピオーネのひとり？　『影追いの森』の首領、アレクサンドル・ガスコインですか!?」

「自己紹介の必要はない、か。手間が省けて、ありがたい話だ」

アレク青年はどこか尊大な仕草でうなずいた。

「うわさの《魔王殲滅の勇者》とも面識を得られて何より。君が提供してくれた弓と矢筒は、こちらでしっかりと検分させてもらう。あれはひどく興味深い――前々から手元に置いてみたいと考えていた武具なんだ」

「て、提供って……あげたわけじゃないわ！」

弓と矢筒をどこに隠したのか、アレクという神殺しは手ぶらだった。しかし、雪希乃は確信していた。あの子たちはこの男のもとにある――！

「あなたが勝手に盗んだんじゃない！」

「なに。当方による検証・研究がつつがなく終わり、返却の必要があると判断できた暁《あかつき》には必ず引きわたそう。約束する」

「つまり必要なければ返さないって意味でしょう、それ！」

雪希乃につっこまれても、アレクは柳に風だった。

「ああ。たしかにそうとも解釈できるだろう。もし苦情があるなら、いつでもオレを訪ねてくるといい。あまり美しくはない解決法だが、武力と腕力で落としどころを見つけることもできる――」

あきれた言い草を口にしながら、アレク青年はいなくなった。

声だけ残して、姿をみごとに消し去ったのである！

「そのときはオレが《反運命の神殺し》となり、君の相手をしてやろう。さらばだ、《魔王殲滅の勇者》どの。そして六波羅蓮……」

最後になぜか、雪希乃の連れの名前を口にしたカンピオーネ。

そういえば《盟約の大法《だいほう》》を行使したとき、神殺しが近くにいると感じとった。アレクサンドル・ガスコインがそのひとりだったのだ！

瞬間移動の使い手――いや。

おそらくすさまじいスピードの持ち主なのだと、神裔《しんえい》としての勘が訴えている。

呆然とする雪希乃をよそに、『六波羅くん』がつぶやいた。

「すごいもんだねえ。本当にカンピオーネって人たちは――とんでもない怪物くんばかりなんだから！」

ひどく実感のこもったコメントであった。

幕間5 ――interlude 5――

◆陸鷹化《りくようか》、封印された師としばし語らう

羅濠《らごう》教主こと羅翠蓮《すいれん》、その邸宅内――。

武術の練功《れんこう》にも用いられるため、庭園はかなり広い。

中国庭園でよく見られる石筍《せきじゅん》や池、回廊などが最小限しかないのは、障害物をすくなくするためだ。

この場所で先ほど、邸宅の主《あるじ》と《魔王殲滅《せんめつ》の勇者》が立ち合ったばかり。

勇者一行はすでに旅立っている。アレクサンドル・ガスコインに奪われた『英雄ラーマの弓と矢筒』を追いかけて。

邸内の地面、その一角には五芒星《ごぼうせい》の刻印『☆』が穿《うが》たれていた。

この真下に妖人・羅濠教主は封印されてしまった。

……しかし、彼女も百戦錬磨の神殺し。

もちろん、その剛腕で路傍《ろぼう》の花でも摘《つ》むように勝利をもぎ取ることは多かったが、同じほどに苦闘・激闘の経験も数多い。

大地に封じられても尚、羅翠蓮は泰然《たいぜん》と構えていた。

ひとりめの直弟子《じきでし》に向けて、地中より『声』を送り、語りかける。

『ふ――っ。あの少女、なかなか面白い素材ではあるようです。無論、こうなったのも六波羅《ろくはら》蓮《れん》の力添えがあればこそ、ですが……』

「やっぱり、蓮さんの新しい権能《けんのう》が決め手でしたか」

師を封じた刻印の前で、陸鷹化がひざまずいていた。

ついに時間凍結が解けたのだ。うやうやしく大地に頭《こうべ》を垂れ、言上《ごんじょう》する。

「僕も二回やられました。あの《時間凍結》の権能、はじめの頃は街ひとつを丸ごと止めてしまったりと暴走気味だったのに」

『ふふふふ。今ではすっかり手なずけたらしい』

封印のなかで、羅翠蓮はくすくすと笑う。

この窮境《きゅうきょう》に怒るでもなく、むしろ不自由な状況を楽しんですらいる。なんとも度しがたい存在であった。

『やはり、あの若者も神殺しの一族。どうしてどうして只者《ただもの》ではない』

「まあ、当分は黒王子さまとからんでいるでしょうから、僕らのところと関わる余裕もないと思われます」

　陸鷹化は肩をすくめた。

「ああして勇者の道連れになってるのも、そのうち寝首でもかくつもり——なのかは正直、わかりませんけど。いろいろ悪さできるポジションにちゃっかりいるあたり、さすがの一言って感じですよ」

　言ってから、陸鷹化は首をかしげた。

「ただ——蓮さん以上に、今回は《運命》の思惑がわかりかねます」

『ほう。鷹児《ようじ》、そこに目を付けるとは……おまえも成長したものですね』

「いや師父《しふ》。誰が見たって、おかしいじゃないですか。いくら神の末裔《まつえい》と言ったって、神の代役なんて務まるはずないでしょう。今までみたいに、どこぞの軍神やら神王やらを引っぱり出した方が絶対にいいわけですし」

　師に誉《ほ》められても、鷹化はまったくうれしくない。

　むしろ〝敵方〟の非合理な選択がどうにも気持ち悪く、納得していなかった。

「ま、たしかに、やけに生命力のありそうな女でしたよ？　殺しても死ななそうな……どこまでも逞《たくま》しくて、ふてぶてしい……」

　見た目こそ涼しげな美少女だが、中身はひどく雑なのだ。

　粗にして野だが、卑ではない、などと形容してもよい気さえする。

なかなかに生き汚く、生命力旺盛で、殺しても死ななそうな図々しさにあふれていた。

要は、心身共に強いのだ。単なる戦闘力以上に、生命体としての純粋な強靭《きょうじん》さが抜きん出ている印象だった。とにかく逞《たくま》しい。

「……あれえ？」

陸鷹化はふと思った。これではまるで。

そして連想する。

「これじゃまるで、あの雪希乃《ゆきの》って女までカンピオーネのお仲間みたいじゃや……」

ただでさえヒューペルボレアには反運命の気運が満ち、正統なる英雄、鋼《はがね》の軍神たちには戦いづらいフィールドとなっている。

ならば。ならば。

その不利をも有利に変える『ジョーカー』を送りこんではどうか。人でありながら神の同類であり、さらには世が世ならば——

「カンピオーネにもなりかねないような女を《魔王殲滅の勇者》として送り込み、めいっぱい依怙贔屓《えこひいき》して、下駄をはかせて、神殺しの方々と共食いのような消耗戦《しょうもうせん》を演じさせたら、意外と……このヒューペルボレアでも運命サイドは善戦できるのかもな——」

もちろん、全て妄想である。

しかし、そこそこ理にかなった妄想ではないか？

「運命は——あの女をパチモノの神殺し……いや、カンピオーネ以上にデタラメな魔王みたいに仕立てあげて、魔王同士で共倒れするバトルロワイヤルをさせるつもりなのか？　いつかの魔王内戦みたいに……」

そこまで、陸鷹化は思い至ってしまった。

あとがき

みなさま、おひさしぶりです。

『ロード・オブ・レルムズ』のサブタイを冠した『カンピオーネ！』新シリーズ、無事に二巻の発売とあいなりました。

いまだ世界的パンデミックが収まらないなか、どうにかこうにか原稿を書いていられますのも、読者の皆様のおかげと思います。

支えてくれる関係者各位もふくめ、実にありがたい境遇です。

あらためて、御礼申し上げます。

今回は販促ムービーまで作っていただいて、しかも旧シリーズ主役の声をアニメで演じていただいた松岡禎丞《まつおかよしつぐ》さん（！）にナレーションまでお願いしたという……。

今も変わらず、大活躍中の松岡さん。

アニメ、ドラマＣＤ等でさんざん〝いい声〟を聞かせていただきました。

が、最近、松岡さんの声が『伊之助《いのすけ》』のダミ声に上書きされていたので、「おお、すごくひさしぶりに聞いた気がする！」と奇妙な感慨も――（苦笑）。

ちなみに、『カンピオーネ！』の初代担当編集氏は今、少年ジャンプの副編集長なので、いつも『鬼滅の刃』のアニメを観るたび、

「おお、エンディングのスタッフロールに名前が」

と、これまた妙な感慨を味わっております。

最近ではついに、映画館でまで名前を見るように……。

そういえば数カ月前、鬼滅グッズを売っているお店で、連れと「煉獄《れんごく》さんグッズがすくないのは映画公開のタイミングまで商材をしぼっているのか？」と話していたら、店主のおじさんに「ぼくも煉獄さん好き～」と声をかけられました。

おじさん調べによると、

「いちばんグッズが売れるのは、女の子も買っていくしのぶさん。いちばん売れないのは伊之助のやつ」

という具体的な話が、個人的にとても興味深かったです（笑）。

さて。

無印版に登場していたキャラたちも、この巻ではさらに増え、BUN《ブン》BUN《ブン》さんによるイラ

ストで新たな顔を見せてくれております。

カラー口絵の某氏、ＢＵＮＢＵＮさんのアイデアでコートなど着させてもらって、ビリビリ帯電までしちゃって、

「おまえ、やけにカッコよく描いてもらってるな！」

と思った次第です（笑）。

そしてわれらがヒロイン（？）の青い鳥さんもなしくずしで人生の転機を迎え、シリーズ二巻にて早くも正念場を迎えることになりました。

その顚末《てんまつ》、あとがき先に読む派の方は本文にてご確認ください。

いい性格をした女王さまの彼女が人格崩壊していくさま、書いていて、ちょっと面白かったというのは本人に言えない感想です。

そして、ニューヒロインである勇者さま。

こちらもなかなかにいい性格で、何と申しますか、非常に書きやすい（苦笑）。基本的に深く考えない娘である分、さくさく動いてくれると言いましょうか。

が、やはりお話を盛りあげるためにも、苦労してもらわないといけません。

そこで今回、いちばん格上の御方と対決してもらった次第です。

次巻ではさらなる曲者《くせもの》とのマッチアップが確定路線でもあり、勇者さまの苦労はまだまだま

だまだ続く――

ところでは、あるのですが。が。が。が。

そろそろ前シリーズの主人公であるチャラ男くん。

また、本巻では出番のすくなかった初代主人公。

彼ら男性陣にも、本格的に動き出してもらわないといけないタイミングでもありましょう。

諸々《もろもろ》ふくめて行く末を検討中でございます。

よろしければ、第三巻にてご確認いただければ幸いです。

ダッシュエックス文庫

クロニクル・レギオン
軍団襲来
丈月 城
イラスト／BUNBUN

クロニクル・レギオン2
王子と獅子王
丈月 城
イラスト／BUNBUN

クロニクル・レギオン3
皇国の志士たち
丈月 城
イラスト／BUNBUN

クロニクル・レギオン4
英雄集結
丈月 城
イラスト／BUNBUN

皇女は少年と出会い、革命を決意した――。最強の武力「レギオン」を巡り幻想と歴史が交叉《クロス》する！　極大ファンタジー戦記、開幕！

維新同盟を撃退した征継《まさつぐ》たちに新たに立ちはだかる大英雄、リチャードI世。獅子心王の異名を持つ伝説の英国騎士王を前に征継は!?

特務騎士団「新撰組」副長征継VS黒王子エドワード、箱根で全面衝突！　一方の志緒理《しおり》は、歴史の表舞台に立つため大胆な賭けに出る!!

臨済高校のミスコンに皇女・志緒理、立夏《りっか》までが出場することになり!?　しかも征継不在の隙を衝いて現女皇・照姫《てるひめ》の魔の手が迫る!!

この作品の感想をお寄せください。

あて先　〒101-8050　東京都千代田区一ツ橋2-5-10
集英社　ダッシュエックス文庫編集部　気付
丈月 城先生　BUNBUN先生

ダッシュエックス文庫

カンピオーネ!　ロード・オブ・レルムズ2

丈月 城

2021年1月30日　第1刷発行

★定価はカバーに表示してあります

発行者　北畠輝幸
発行所　株式会社　集英社
〒101-8050　東京都千代田区一ツ橋2-5-10
03(3230)6229(編集)
03(3230)6393(販売／書店専用) 03(3230)6080(読者係)
印刷所　凸版印刷株式会社

ISBN978-4-08-631395-7 C0193